Rolf Robischon

Morgengrauen

Morgengrauen

Ein Buch über Schule

... und wie sie sein könnte

Rolf Robischon

Bibliografische Information der Deutschen Nationalbibliothek:
Die Deutsche Nationalbibliothek verzeichnet diese Publikation in der Deutschen Nationalbibliografie; detaillierte bibliografische Daten sind im Internet über http://portal.dnb.de abrufbar.

ISBN 978-3-98885-348-6

www.rediroma-verlag.de
14,90 Euro (D)

Inhalt

Geleitwort

Mit Morgengrauen legt Rolf Robischon eine grundlegende Kritik an der, wie er es nennt, »üblichen Schule« vor. Wie kann es sein, dass so viele Kinder voller Lebensmut und Freude in die Schule eintreten und bereits nach wenigen Wochen jegliche Lust daran verlieren? Aus kinderrechtlicher Sicht scheint mir dieser Aspekt besonders problematisch zu sein. Denn jedes Kind hat ein Recht auf eine qualitativ hochstehende Bildung. Dies haben die Vereinten Nationen mit den nachhaltigen Entwicklungszielen 2015-2030 ebenfalls betont. Nun gehe es nicht mehr primär um den Zugang zu Bildung, sondern um Qualität in der Bildung.

Wenn aber »Belehrung, Disziplinierung, Ermahnung, Appelle, Drohungen, Strafen, Kontrollen und unablässige Bewertungen«, wie Robischon es beschreibt, im Vordergrund stehen, dann kann in keiner Weise von Qualität gesprochen werden. Eindrücklich zeigt der Autor auf, wie ein solches Verständnis von Pädagogik die Bedürfnisse der Lehrperson und der Schule, und nicht jene des Kindes, ins Zentrum stellt. Robischon plädiert deshalb für einen Perspektivenwechsel: Die Schule soll sich an den individuellen Bedürfnissen des Kindes ausrichten, und nicht umgekehrt. Er bezeichnet dies als »die Kunst, lernen zu lassen«.

Dabei spielt natürlich auch die Beziehungsebene eine wichtige Rolle. Kinder, so das Argument des Autors, merken sehr schnell, wenn sie ernst genommen werden, und fühlen sich wohl dabei. Die übliche Schule zeichnet sich jedoch durch Prozesse und Strukturen aus, welche in der Soziologie beispielsweise mit »Disziplinierung« und »Normalisierung« beschrieben werden. Da nimmt die Beziehungsebene eine untergeordnete Rolle ein. Jedes Kind soll in gleichen kleinen Schrittchen lernen, nach vorgegebenem Muster, damit jederzeit verglichen, bewertet und diszipliniert werden kann. Bereits in der zweiten Woche nach Schulbeginn lassen sich in einem solch organisierten Schulraum erste Einschätzungen vornehmen, auf welche Schulen diese Kinder nach der Grundschule verteilt werden sollen.

Der durch diese Prozesse bei vielen Kindern entstehende Leidensdruck führt jedoch zu immer mehr Diagnosen und therapeutischen Maßnahmen, insbesondere zu »Angststörungen« und »ADHS« (Aufmerksamkeitsdefizit – Hyperaktivitätsstörungen), und einer »Behandlung« mit Psychopharmaka. Wenn Kinder in der Schule viel sprechen, sich bewegen, viele Fragen stellen, experimentieren und eigene Lernwege einschlagen möchten, dann wird das in der üblichen Schule als Störung empfunden.

Das eigentliche Problem, so der Autor, liegt darin, dass Kinder nicht so lernen, wie die übliche Schule es annimmt. Mit seiner Ansicht steht Robischon keineswegs alleine da. So hat beispielsweise der Soziologe Michel Foucault 1975 mit seinem Werk »Überwachen und Strafen« ähnliche Kritik angebracht und die Schule, wie Robischon, ebenfalls mit einem Gefängnis verglichen.

Das vorliegende Buch geht jedoch einen Schritt weiter. Es zeigt nicht nur, wie die übliche Schule unseren Kindern schadet und deren Lernprozess erschwert. Es bietet darüber hinaus auch ganz praktische Ideen wie Schule zu einem Raum für selbstorganisiertes Lernen, und Lehrkräfte zu Lernbegleiterinnen und Lernbegleitern werden können. Robischon verwendet »Brücken« und »Netze« als Bilder, um seine Sicht auf Lernwege zu beschreiben. Kinder, welche statt auf vorgegebenen Schienen auf eigenen Lernspuren unterwegs sind, bilden Netze, schlagen Brücken, und erleben dabei, dass die Arbeit im Lernraum direkt mit ihnen selber zu tun hat. Statt mit Psychopharmaka ruhig gestellt zu werden, entdecken sie ihre Handlungsfähigkeit und gestalten ihren eigenen Lernprozess im kooperativen Miteinander.

Dabei lernt jedes Kind, so der Autor, was ihm erreichbar ist. Jedes in seinem eigenen Tempo. Während die übliche Schule stets auf der Suche nach Defiziten ist, unterstreicht Robischons Ansatz vielmehr die Stärken jedes Kindes. Denn jedes Kind könne etwas Besonderes, und es tue jedem Kind gut, wenn ihm das jemand mitteile, betont der Autor. Daran würden Kinder wachsen. Mit dem vorliegenden Buch zeigt Robischon eindrücklich, dass eine offene und geschützte Lernumgebung, in welcher Kinder frei von Angst und Stress reden, spielen, arbeiten und lernen dürfen, gerade auch in einer staatlichen Schule möglich ist. Es ist ein Plädoyer für mehr Kunst. Kunst, lernen zu lassen.

Pascal Rudin, Kindheitssoziologe – Repräsentant an den Vereinten Nationen für Kinderrechte und Kindesschutz für den Internationalen Verband der Sozialarbeitenden

Vorwort

Von einer ehemaligen Schulanfängerin

Ente, Ei, Polizei. An diese Figuren können Diana, Stefanie und ich uns noch gut und bildlich erinnern. Das waren die Protagonisten, mit denen wir gemeinsam das Lesen und Schreiben für uns entdeckt haben. Mit ihnen haben wir herausgefunden, wie Worte klingen und aussehen, wie aus Bildern Buchstaben werden und aus Worten Geschichten. Auf lose Blätter hatte unser Klassenlehrer kleine Erzählungen gezeichnet: eine Ente, der ein Polizist einen Strafzettel schreibt, weil sie ihr Ei vor einem »Parken Verboten«-Schild abgelegt hat; oder ein Vogel, der einen Regenwurm aus einem Erdloch zieht und nicht merkt, dass er den Schwanz einer Maus erwischt hat. Dazu kamen Bären, Katzen und andere Tiere, Bälle, Eimer und Autos. Wir konnten die Bilder mit Buntstiften ausmalen, ihre Bezeichnungen in nebenstehende Kästen schreiben, Regelmäßigkeiten und Unterschiede erkennen. Manchmal gab es selbstgemachte Lesehefte – und nicht selten kamen wir selbst in den Geschichten vor. Wenn wir etwas nicht verstanden haben oder mehr wissen wollten, haben wir nachgefragt und kurze, klare Antworten bekommen. Wir haben viel gefragt. Weil wir wollten, nicht weil wir mussten. Aus Interesse und Neugierde, nicht für die guten Noten oder um unseren Lehrer glücklich zu machen. Dieser Mann mit Hut und Gitarre ist uns auf Augenhöhe begegnet und hat unsere Sorgen und Bedürfnisse ernst genommen.

Von den Erwartungen, Ängsten und dem Misstrauen mancher Eltern haben wir wenig mitbekommen. So konnten wir auch nicht nachvollziehen, warum wir in der 3. Klasse eine andere Klassenlehrerin bekommen haben. Warum wir uns nicht mehr gegenseitig fragen und helfen durften, sondern stillsitzen mussten und aufgerufen wurden, um das Richtige zu sagen.

Für uns war es ein Glück, dass wir das Lernen mit Ente, Ei und Polizei, mit Freude und Vertrauen für uns entdecken durften. Wir haben Abitur gemacht und studiert. Und auch heute, über dreißig Jahre später, denken wir gerne an unsere ersten beiden Schuljahre zurück.

Sophia Greiff

Vorwort

Oder: Warum es dieses Buch unbedingt geben muss

Die ganz normale Schule nimmt an, Kinder, Jugendliche und junge Erwachsene müsse man belehren und erziehen. Die Ergebnisse will die ganz normale Schule gerne vorhersagen.

Man macht sich einen Plan, den Lehrplan. Und das, was darin vorgesehen ist, können die Kinder, Jugendlichen und jungen Erwachsenen hinterher. Angeblich. Darum nennt die ganz normale Schule diese jungen Menschen Schüler. Es gibt also gute Schüler, schlechte oder mittelmäßige.

Je nach ihrer Eignung für die normale Schule oder nach ihrem Einverständnis mit dem Umgang der normalen Schule mit ihnen.

In diesem Buch wird vorgeschlagen, das Gegenteil von Erziehung und Belehrung zuzulassen.

Junge Menschen lernen und entwickeln sich von selber. Sie können gar nicht anders. Die Erwachsenen müssen es nur zulassen und ihnen Raum und Lerngelegenheiten zur Verfügung stellen. Und Zeit. Dann nimmt man an, dass Kinder, Jugendliche und junge Erwachsene nicht gut oder schlecht oder (wie schrecklich) mittelmäßig sind. Sie dürfen sie selber sein und ihre Möglichkeiten selber entwickeln. Nicht belehrt, geführt, geformt, gezogen, sondern frei und selbstständig.

Wie das geht, habe ich erlebt und dokumentiert.

Rolf Robischon

Die Abrechnung

Ganz normale Schule

Hauptlehrer Streng, Lehrer Gresslich, Oberlehrer Brummler, Lehrerin Gluck, Studienrätin Keifer und Oberlehrerin Mahnlich geben ihr Bestes. Sie vertreten die traditionelle, die übliche Schule, in die kleine Kinder hoffnungsfroh eintreten und an der viel zu viele bereits nach wenigen Wochen jede Lust verlieren.

Diese Lehrkräfte (Die Namen könnten ja stimmen. Sie sind frei erfunden.) haben den Beruf gewählt, weil schon Eltern oder Großeltern Lehrer waren, weil sie tief beeindruckt von der ersten Lehrerin oder einem der späteren Lehrer waren, weil sie lieber mit Kindern und Jugendlichen als mit Erwachsenen arbeiten möchten und weil sie es, so sagen sie, reizvoll finden, junge Menschen zu »formen«.

Oder weil sie dachten, das Studium sei nicht so lang und nicht so schwer und die Arbeitszeiten im Beruf so schön erträglich. Wie Schule geht, haben sie ja jahrelang als Schüler oder Schülerinnen erlebt.

Sie bereiten sich auf den »Stoff« vor und planen die Inszenierung ihrer Unterrichtsstunden. Sie überlegen sich Maßnahmen gegen Unterbrechungen und Störungen. Sie legen sich zurecht, wie sie Störenfriede und Verweigerer bestrafen wollen.

Anfangs haben sie sich auf ihren Schuldienst gefreut und waren voller Erwartungen. Zunehmend empfinden sie ihre Bemühungen hinter der geschlossenen Klassenzimmertür als belastend bis quälend.

An fast jedem Schultag müssen sie erleben, wie ihr Unterricht gebremst wird, wie das, was sie sagen und zeigen, nicht verstanden wird, wie Aufträge und Anweisungen falsch verstanden oder nicht befolgt werden, wie Aufgaben falsch oder nur unvollständig oder gar nicht »gemacht« werden.

Wie könnten sie auf so was reagieren?

Hauptlehrer Streng bestraft immer mehr und gibt schlechtere Noten, Lehrer Gresslich fängt an zu saufen und Oberlehrer Brummler ist so oft wie möglich krank. Lehrerin Gluck flieht in Fortbildungen, Studienrätin Keifer entfernt »unpassende« Lernende aus ihrer Klasse und Oberlehrerin Mahnlich begibt sich auf die Suche nach anderen Möglichkeiten, nach anderen Arbeitsweisen in der Schule. Wenn sie Glück hat, wird sie dabei von der vorgesetzten Behörde unterstützt. Wenn sie Pech hat, bekommt sie »eine aufs Maul«, weil ein Ausscheren aus dem üblicherweise vorgesehenen Schulalltag als Störung des Arbeitsfriedens empfunden werden kann. Das Kollegium könnte anfangen zu mobben. Vielleicht wird sie auch einfach krank. Bis auf Hauptlehrer Streng werden alle möglichst vorzeitig in den Ruhestand treten.

Nora, Meral und Sabine, Mehmet, Simon und Max hatten sich so auf die Schule gefreut. Man hatte ihnen gesagt, dort könne man alles lernen. Man werde klug und groß und erfolgreich.

Nora hatte ja schon ein paar Bedenken. Ihr Bruder Tom schimpft so oft auf die Hausaufgaben und die Strafarbeiten. Bei Meral ist es der Vater, der von Lehrern nicht so besonders viel zu halten scheint. Die Mutter von Sabine ist auch Lehrerin. Max wurde von der Oma schon mehrmals darauf hingewiesen, dass er dann brav sein müsse und folgsam.

Simon kannte die Lehrerin schon. Sein Vater war damals bei ihr in die Schule gegangen. Mehmet freute sich, weil die anderen Kinder auch hingingen.

Bei der Einschulung hielt ein Mann eine Rede, die Schulanfänger saßen in einer Reihe und wurden nach Leibeskräften fotografiert und gefilmt. Und dann wurden sie in ein Zimmer mit vielen Tischen und Stühlen geführt und so platziert, dass alle in eine Richtung schauten. Die Lehrerin hielt ihren Zeigefinger auf den Mund und machte »Pschschscht«.

Mehmet versteht nicht genau, was die Lehrerin sagt. Simon muss aufs Klo. Max kann nicht stillsitzen und will mit dem Jungen, der neben ihm sitzt, reden.

Nora hat ein bisschen Angst und fängt an zu weinen, Meral möchte mit ihren schönen neuen Buntstiften malen und Sabine vergleicht die Lehrerin mit ihrer Mutter.

Nach zwei Wochen ordnen sich die Verhältnisse.

Mehmet soll »gefördert« werden. Simons Eltern bekommen einen Brief, weil ihr Kind so oft aufs Klo muss. Max wird als ADHS-Kind »identifiziert« und seinen Eltern wird der Einsatz von Ritalin ans Herz gelegt. Das Kind habe es doch so viel leichter, wenn es ruhig sitzen und sich konzentrieren könne.

Nora muss morgens brechen und wird in der Schule entschuldigt. Meral wird ermahnt und angefahren und bekommt die Buntstifte immer wieder aus der Hand genommen. Malen ist jetzt nicht »dran«. Und Sabine wird misstrauisch beobachtet. Sie ist schließlich das Kind einer Kollegin.

Beim ersten Elternabend wird sich zeigen, wie die Einstellung der Eltern zu dieser Klasse und dem unterrichtenden Kollegium ist. Wenn man nachfragen würde, man könnte schon jetzt Hinweise bekommen, auf welche Schule diese Kinder nach der Grundschule verteilt werden sollten.

Ein persönlicher Rückblick

Ich selber bin 1946 in die Schule gekommen, in eine Volksschule in Oberbayern. Ausgewiesen aus Österreich, war ich für die einheimischen Kinder ein Flüchtling. Von denen gab es viel zu viele im Ort.

Flüchtlingskinder verhaute man nach der Schule. Keine Ahnung, wer mein erster Lehrer oder meine erste Lehrerin war. Jedes halbe Jahr war jemand anderer zuständig. Möglich, dass nicht alle davon tatsächlich irgendeine entsprechende Ausbildung hatten. So etwas gab es ja. Der salbungsvolle Religionslehrer meiner älteren Schwester flog eines Tages auf, als ihn zwei Frauen am Bahnhof als den Heiratsschwindler erkannten, der ihnen allerhand Geld abgenommen hatte und damit verschwunden war. Die junge Religionslehrerin in meiner ersten Klasse muss sehr nett gewe-

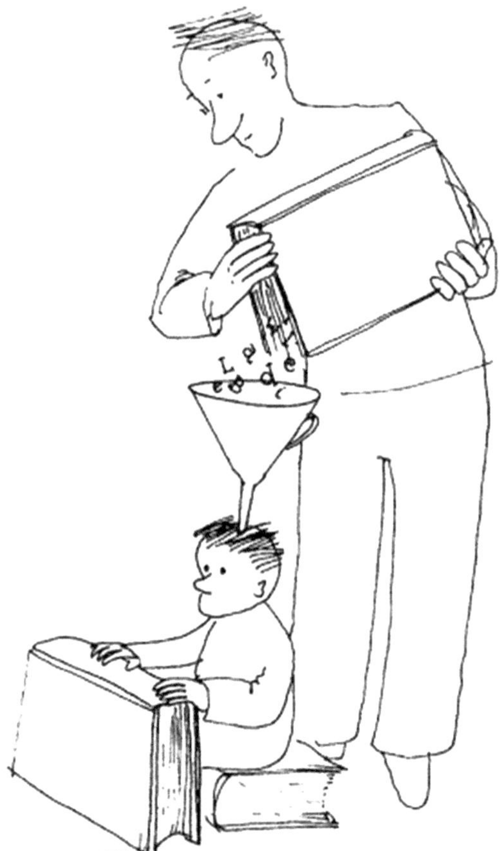

sen sein und das Wandbild von Moses mit dem brennenden Dornbusch so interessant. Ich wollte also gerne katholisch getauft werden. Evangelische Kinder wurden nach der Schule verhauen und hatten außerdem den Religionsunterricht nachmittags.

Kinder wurden gnadenlos bestraft, auf die Hände geschlagen mit einem Stock. Oder auf den Hintern, über die Bank gelegt. Die Schulbänke, Subsellien, waren viersitzig mit Fußrost. So passten viele Kinder in den ofengeheizten Raum. In der dritten Klasse müssen es 84 gewesen sein, wie ich auf dem einzigen Schulbild, das ich habe, zählen kann.

Mit der linken Hand zu schreiben war bei Strafe, also Schlägen, verboten. Lehrer müssen geglaubt haben, Linkshändigkeit sei eine Art Hirnschaden, den man unterdrücken müsse oder könne. Irgendwie war es mir gelungen, einen Platz links außen zu bekommen. Wenn ein Linkshänder rechts neben einem Rechtshänder sitzt, stoßen sie zusammen beim Schreiben.

Mit der linken Hand schrieb ich halt nur, wenn der Lehrer, die Lehrerin nicht zu mir hinschaute oder nicht hinter mir im Gang patrouillierte. Die Lehrerin hieß Fräulein. Lehrerinnen gab es noch nicht.

Wer beim Schreiben mit der linken Hand erwischt wurde, wurde auf diese Handinnenseite mit dem Stock geschlagen.

Damit meine Schulhefte keine Eselsohren bekamen, hatte meine Mutter mir welche zusammengeheftet, deren Ecken abgerundet waren. Die wurden mir fast sofort geklaut.

Ein Junge kam jeden Tag zu spät in die Schule. Er hatte einen Fußweg von ca. sechs Kilometern. Wenn er sich wegen des Zuspätkommens über die Bank legen musste und mit dem Stock geschlagen wurde, schrie er jämmerlich: »I hob a Furunkel am Hintern.« Jeden Tag. Als ich in der vierten Klasse war, saß er immer noch in der ersten.

Lesen habe ich ganz sicher zu Hause gelernt. Und das Achtereinmaleins an einem panischen Nachmittag aus Angst vor Schlägen, falls ich es am nächsten Tag nicht könne.

Wie so etwas quälen kann, erlebte ich viele Jahre später, als ich selber Lehrer war, nach den großen Ferien. Ich fragte routinemäßig das Einmaleins ab.

Ein kleines Mädchen brach auf die Frage nach »7 mal 7« in Tränen aus. Ihr Vater, ein Lehrer, hatte regelmäßig beim Mittagessen das Einmaleins abgefragt und sie war beim 7 mal 7 ein paar Mal stecken geblieben. Also hatte er immer wieder darauf herumgehackt. Schließlich wollte er, dass seine Kinder in der Schule »gut« seien oder lieber noch »die Besten«.

Eltern wollen, dass ihre Kinder erfolgreich sind.

Aus ihrer eigenen Kindheit und Jugendzeit wissen sie noch gut, wie Schule arbeitet. Unterricht, Belehrung, Disziplinierung, Ermahnung, Appelle, Drohungen, Strafen, Kontrollen und unablässig Bewertungen.

Bis sich Kinder und Jugendliche schließlich darauf eingestellt haben, dass es auf die Noten ankommt, viel weniger auf das, was es zu wissen gibt.

Noten kann man auch durch Täuschung, Betrug, Tricks, Umwege bekommen. Noten werden oft einfach nach Gefühl, Sympathie, Antipathie vergeben.

Eine gute Note in Religion bekam ich später nach einem Schuljahr, in dem ich immer nur zustimmend genickt hatte zu den Worten des gewaltigen Dr. Dr. Religionslehrers, genannt der große Affe. Wortbeiträge oder irgendwelche Arbeiten hatte ich nicht geliefert. Er konnte ja auch nicht wissen, dass ich es gewesen war, der über seinem Sitzplatz am Lehrerpult (zum Umhergehen war er zu beleibt) einen Schneeball an die Decke geklebt hatte, der natürlich zu tropfen anfing.

Ebenso bekam ich vom Physiklehrer, der auch der Klassenlehrer meines jüngeren Bruders war, nach einem Schuljahr, in dem er mich nichts gefragt und nie geprüft hatte, eine Sechs. Er konnte uns sowieso nicht unterscheiden.

Die Sechs war eigentlich für meinen jüngeren Bruder, der beschlossen hatte, in der Schule nicht mehr zu sprechen, um rausgeworfen zu werden. Er ertrug sie nicht mehr. Ich hatte nichts gefragt. Fragen stellten nur die Lehrer, nicht die Lernenden. Wenn ein Schüler eine Frage stellte, lachte die ganze Klasse. Lehrer fühlten sich gestört durch Schülerfragen.

Jetzt, viele Jahrzehnte später, bemängeln die Lehrerinnen gegenüber den Eltern, dass mein Enkel, frisch in der ersten Klasse, so sehr viel fragt.

Das stört, hält auf, bringt den Plan durcheinander. Wenn ein Plan durcheinanderkommt, haben Lehrkräfte meistens keinen Plan B. Schlimm ist es für sie, wenn die Schulstunde mit einem geheimnisvollen Vorhaben beginnt, einer komplizierten Aufgabe, einem Problem, zu dessen Lösung in kleinen Schritten hingeführt werden soll, und dann ist da so ein hochbegabtes Kind, das Alles sofort durchschaut und das Ziel, die Lösung des Problems, das »Ergebnis« sofort laut in die Gegend posaunt und den Unterricht stört.

Das ist für Lehrer genauso schlimm wie ein Kind, das brüllt und schlägt, oder eins, das kotzt. Oder ein Kind, das schläft.

Solche Einrichtungen wie Vertrauenslehrer oder Elternbeirat gab es damals noch nicht. Mein Vater hätte nichts unternehmen können, wenn er erfahren hätte, wie Lehrer mich in der Schule vor der Klasse beleidigten, an den Haaren zogen, ohrfeigten, verspotteten. Mitschüler lachten dazu. Ihnen erging es gelegentlich auch nicht anders. Wichtig waren nur die Noten und die Versetzung.

Ich galt als notorischer Saisonarbeiter, der nur in den Monaten vor der Versetzung etwas für die Schule bzw. die Noten tat, um doch noch versetzt zu werden. In einem Jahr gelang das nicht mehr, weil ich eine schwere Gehirnerschütterung hatte. Ich musste wiederholen.

Einige Lehrer bekamen heraus, dass ich auf einigen Gebieten mehr wusste als meine Mitschüler. Mich hatte römische Geschichte interessiert, die römischen und griechischen Götter und Sagen. Und so wurde ich aufgerufen, um Zusammenhänge, Familiengeschichten der römischen Kaiser oder griechische Anekdoten für die Klasse zu erklären. Das wurde allerdings nicht benotet. Dafür war es schlecht, dass ich mit Grammatik sehr freihändig umging.

Das von mir entwickelte Lernmaterial zur Grammatik für die Grundschule muss Kindern nicht erklärt werden und wird seit über 30 Jahren stetig verkauft. Es ist konkurrenzlos. Ein Geheimtipp. Lehrer, die Unterricht halten, können damit wenig anfangen. Kinder, die selber lernen, arbeiten gerne damit. Diese Materialien könnten ein Schreckgespenst für

Schulbuchverlage sein, die jedes Jahr eine neue Auflage von Lehrbüchern und Vorlagen für Arbeitsblätter mit garantiertem Verkauf herausbringen möchten, weil nur dieses Material dem Lehrplan entspricht, auf dem neuesten Stand ist und immer im Klassensatz gebraucht wird.

»Gestern waren wir auf Seite 34. Schlagt die Seite 35 auf.« Wahlweise wird »bitte« dazu gesagt, als gäbe es eine Wahl.

Allerdings lassen wohl die meisten Lehrenden lieber mit einem Lehrgang arbeiten.

Weil ich das Lehrmaterial mit Erklärung, Arbeitsaufträgen und Bewertung schrecklich finde, habe ich Lernmaterial entwickelt zum Schreib- und Lese-Anfang, zum Mathematik-Anfang, zum Rechtschreiben und zur Grammatik, um Texte zu verfassen. Ohne Erklärungen und Arbeitsaufträge, ohne richtig-falsch, mit vielen leichtverständlichen Zeichnungen.

In den Elternbeirat und vor allem in dessen Vorsitz lassen sich bevorzugt Eltern wählen, die in ihrer Schulzeit mit dem Verfahren bestens zurechtgekommen waren, sich angepasst hatten, jederzeit beste Noten erreicht hatten und für die es selbstverständlich gewesen war, überall oder fast überall »auf Eins zu stehen«.

Ihren beruflichen Erfolg führen sie auf ihre Schulerfolge zurück und so treten sie an, den Lehrern und Lehrerinnen ihres Kindes, ihrer Kinder genau auf die Finger zu schauen, Hausaufgaben- und Klassenarbeitskontrollen auf Fehler und Gerechtigkeit (und Vorteil für ihr Kind) zu überprüfen und einen möglichst kurzen Draht zu den vorgesetzten Behörden der Lehrkräfte zu pflegen.

Natürlich haben sie auch einen passenden Rechtsanwalt zur Hand. Davor haben die eingangs erfundenen Lehrerinnen und Lehrer ordentlich Respekt. Das macht ihnen Angst vor dem Schulalltag.

Ebenso wie die Schwierigkeiten, die die Kinder und Jugendlichen sich täglich für sie ausdenken.

Außer der Sache mit dem Schneeball an der Decke für den großen Affen, hatten wir auch solche Gemeinheiten für Lehrer ausgedacht wie die ausgehängte und angelehnte Klassenzimmertür, herumschwebende Flaumfedern und dazu Knallerbsen auf dem Boden, Blumensträuße für den Biologielehrer mit Brennnesseln außenherum und so weiter. Dem Sportlehrer drehten wir seine BMW »Isetta«, den Kleinwagen mit der Tür vornedrauf, gegen die Wand. Wie bei der Feuerzangenbowle musste dann immer der Herr Direktor geholt werden, vor dem alle Angst hatten oder der allen Angst machen wollte.

Was geschieht eigentlich in der Schule?

Die Wissenschaft, mit der in Schulen gearbeitet wird, heißt Erziehungswissenschaft, Pädagogik.

Im alten Rom war der Pädagoge (Knabenführer), der Sklave, der die Söhne seines Besitzers zur Belehrung führte. Als es einmal geschah, dass ein Sklave von einem Baume stürzte und sich ein Bein brach und nun zu nützlicher Arbeit nicht mehr fähig war, sprach sein Herr: »Nun ist er ein Pädagogus geworden.«

Aus einem griechischen Text, gefunden in: »Die Historie vom dornigen Aufstieg des Lehrer-Standes« von Gerhard Tauchelt, München 1965.

Erziehen ist, zu machen, dass ein Kind sich so verhält, wie man es von ihm erwartet und das tut, was man von ihm erwartet. Klappt es, dann ist das Kind brav und klug und gut. Klappt es nicht, dann ist das Kind unartig, böse, dumm, faul, frech, unbegabt, schwierig.

Belehrung, Unterricht findet mit Didaktik statt. Didaskein ist griechisch und bedeutet lehren. Dazu gibt es dann noch Bildungstheorien und Methodik. Das sind bewährte oder jedenfalls ausführlich beschriebene Verfahren und Tricks, die bei Anwendung in Schulen schon geklappt haben sollen.

Die eingangs erfundenen Lehrer und Lehrerinnen haben in ihrer Ausbildung etwas von Bildungstheorien gehört, Methoden vorgeführt bekommen und je nach Hochschule auch Pädagogik gelernt. Wenn sie »gut«

waren in solchen Disziplinen, wurden sie durch den Prüfungserfolg zu guten Pädagogen erklärt.

Ob sie etwas darüber lernen konnten, wie Wissen eigentlich entsteht? Ob sie lernen durften, wie Lernen stattfindet?

Als ich Anfang der Neunzigerjahre des vorigen Jahrhunderts bei einem Lehrerkongress einen Vortrag über Mathetik hielt, waren etliche der Teilnehmenden der Meinung gewesen, ich hätte mich verschrieben. Sie kannten das Wort überhaupt nicht.

Mathetik ist die Kunst, lernen zu lassen. Mathema ist das Gelernte.

Um die Zeit erwarb ich an der Hochschule neben meinem Berufsalltag ein Diplom. In der Diplomarbeit ging es um Epistemologie. An der Erziehungswissenschaftlichen Hochschule war vielen auch dieses Wort fremd. Man wusste nicht, wie das geschrieben wird.

Epistemologie ist die Lehre von der Entstehung von Wissen bei Lernenden.

Während dieser Fortbildung neben dem Berufsalltag wurde mir übrigens von der vorgesetzten Schulbehörde bescheinigt, meine Fortbildungsbereitschaft sei schwach ausgeprägt. Ich war in dem Jahr bei keiner Fortbildung, die vom Schulamt angeboten wurde. Ebenso war mir auch bescheinigt worden, meine schriftliche Ausdruckfähigkeit sei eher schwach ausgeprägt. In dem Jahr hatte ich in Bildungs- und Lehrerzeitungen ca. 95 Veröffentlichungen.

Normale Schule will sowas nicht: Fortbildung, die anders ist, Veröffentlichungen, die nicht pädagogisch oder didaktisch sind. Die nicht mit Methodik zu tun haben. In denen Kinder und Jugendliche nicht als Schüler behandelt werden.

Ich habe die Beurteilungen der Schulbehörde eher auf die leichte Schulter genommen. Die Behörde hatte mich ja auch schon mal zu meiner eigenen Krankheitsvertretung abgeordnet.

Wie entsteht Wissen bei Lernenden?

Lehramtsstudierende bekommen in ihrer Ausbildung beigebracht, wie man es macht, dass Schülerinnen und Schüler Fragen richtig beantworten können.

6

Damit sie Fragen zum Eichhörnchen richtig oder jedenfalls ziemlich richtig beantworten können, wird das Eichhörnchen »gemacht« oder durchgenommen. Oder der Zehnerübergang, im Januar des ersten Schuljahrs.

Was bei den Lernenden dabei stattfindet, wird nicht gelehrt. Geht ja auch gar nicht. Zum Leidwesen der Lehramtsstudierenden und der Lehramtsausbildenden ist das bei jedem Kind anders. Kinder sind unberechenbar.

Jedenfalls werden und wurden Lehrenden Maßnahmen dagegen beigebracht. Strafen in allen Arten von Abstufungen, ganz subtil oder richtig schmerzhaft.

Im Vorbeigehen hörte ich einmal von Lehramtsstudierenden im Gespräch: »Und dann hab ich mit den Sechstklässlern *Menschenrechtsverletzungen* ›gemacht‹.«

Mein erster Schulleiter (1966 hatte ich meine erste Schulstelle als Klassenlehrer einer Sonderschul-Oberstufe, im Keller eines Gymnasiums neben dem Klo, ohne Tageslicht) wurde seines Amtes als Rektor einer Schule für Lernbehinderte enthoben, nachdem er einem kleinen Jungen mit dem Stock so stark auf die Handinnenseite geschlagen hatte, dass sie aufgeplatzt war.

Als genau dieser kleine Junge einmal etwas tausendmal schreiben sollte zur Strafe, war er weinend zu mir gekommen und ich hatte mich für ihn eingesetzt, sodass die Strafe abgemildert wurde auf hundertmal schreiben. Die Schläge hatte er bekommen, als ich nicht mehr an der Schule war. Der Rektor wurde dann Leiter einer Schule für geistig behinderte Kinder. Dass es solche Schulen überhaupt gab, war tatsächlich ihm zu verdanken. Vorher wurden solche Kinder einfach versteckt und ihr Vorhandensein kam erst bei der Einladung zur Musterung für den Wehrdienst zu Tage.

Ein Bekannter von mir arbeitete an so einer Schule für geistig Behinderte, kurz G-Schule genannt. Er hatte mir einmal erzählt, diese Kinder kämen schon »fördermüde« in die Schule. Auf keinen Fall wollte er haben, dass ich ihn als Quelle für diese Information nenne.

Pädagogik für Kinder mit ganz niedrigem Intelligenzquotienten ist auf die angenommenen Möglichkeiten dieser Kinder eingestellt. Mehr ist halt nicht drin. Auf die Gefahr hin, dass die unsäglichen niedrigen »Anforderungen« für die Kinder zum Kotzen sind. Im Zweifelsfall wird behauptet, es mache ihnen doch Spaß.

Den Kindern und den Lehrerinnen und Lehrern, mit denen dieses Buch angefangen hat, macht der Schulalltag keinen Spaß. Sie finden Schule öde, schwer, langweilig, schrecklich, unerträglich.

Wer als Lehrer erkannt wird oder bekannt ist, bekommt immer wieder von vielen Leuten Geschichten aus der Schulzeit erzählt.

Sie versuchen, sich damit abzufinden oder auszuweichen. Sie zählen die Stunden bis zum Wochenende und die Tage bis zu den nächsten Ferien. Sie zählen die Minuten bis zum Ende der quälend langen Schulstunde. Sie wissen, wie viele Jahre sie noch im Schuldienst sind.

Ausweichen geht für die Kinder so, dass sie nicht »aufpassen«, abgelenkt sind, etwas anderes tun, als »dran« ist, den Unterricht stören oder kurzerhand der Schule fernbleiben.

Nora, ein Mädchen aus der Anfangsgeschichte, hat vom Kinderarzt ein Attest bekommen. Sie hat Schulphobie. Die Schule muss sich etwas ausdenken. So lange geht sie nicht hin.

Meral bleibt einfach weg, trifft sich mit anderen Kindern, die auch die Schule verweigern, und lässt sich nicht erwischen von der Polizistin, die sie zwangsweise zur Schule bringen soll. Die Eltern sind ratlos und ermahnen ihre Tochter, damit sie den Bußgeldbescheid nicht zahlen müssen.

In Deutschland besteht Schulzwang. Kinder müssen zur Schule gehen.

Für Eltern, die ihr Kind absichtlich und womöglich mit guten Argumenten von der Schule fernhalten, wird es richtig teuer. Sabine gibt sich Mühe, kämpft um gute Noten und hat Kopfschmerzen. Mehmet schläft immer wieder am Tisch ein. Simon findet den Unterricht interessant und lernt mehr, als ihm da beigebracht wird. Max stört nach Kräften. Er weiß genau, worauf seine Lehrer allergisch und gereizt reagieren. Wenn er zu Lehrerfragen die Hand hebt, kann man sicher sein, dass er nur aufs Klo will oder das Fenster schließen möchte, weil der Lärm von draußen ihn ablenkt. Und dann macht er drinnen Lärm.

Der »Kinderknast« muss sein. Wir haben es ja auch so gehabt. Uns hat es auch nicht geschadet.

Wie soll denn sonst aus einem Kind etwas werden?

Zahllose Menschen glauben sowas wirklich.

Immer mehr Menschen wünschen sich etwas anderes.

Gibt es denn andere Möglichkeiten, Kinder so viel lernen zu lassen, wie sie brauchen für das richtige Leben nach der Schule?

Meral ist inzwischen dreizehn und von der Streetworkerin angesprochen worden. Sie hat von der Straßenschule erfahren. Das ist eine Schule in Freiburg für Schulverweigerer und für Kinder und Jugendliche, die auf der Straße leben. Jedenfalls leben sie nicht zu Hause oder in einem Kinderheim. Auch nicht bei einer Pflegefamilie.

In der Straßenschule treffen sich Schulverweigerer und werden von einem Lehrer und einer Lehramtsstudentin unterrichtet. Die beiden wurden vom Schulamt für diese Aufgabe abgestellt. Ein volles und ein halbes Lehrdeputat für etwa 120 Kinder und Jugendliche. Mehr gibt's nicht.

Immerhin gibt das Schulamt zu, dass es so viele Schulverweigerer in dieser Stadt gibt. In Wirklichkeit sind es viel mehr.

Wenn sie größer sind, wenden sie sich vielleicht an die Flex-Fernschule in Oberrimsingen. Die betreut Kinder und Jugendliche aus der Ferne, schickt Aufgaben und Lernmaterial, organisiert Prüfungen.

Die Fernschule ist in Deutschland ausnahmsweise zugelassen zur Erfüllung der Schulpflicht.

Es gibt noch eine weitere Fernschule, aber die ist nur für Kinder von Diplomaten im Ausland, dort wo es keine deutsche Schule gibt, oder für Kinder von Weltreisenden, z. B. auf Yachten.

Sonderschulen sind Schulen für besondere Kinder und Jugendliche.

Als ich an einer Sonderschule für Lernbehinderte arbeitete als Lehrer für die dritte und die sechste Klasse, ließ sich ein Sechstklässler immer erst dann von dem Polizisten finden, wenn bei mir die dritte Klasse dran war.

ERNST BÖSE

Er kam gern. Nur nicht in seine vorgesehene Klasse.

Bei den Drittklässlern fühlte er sich wohl und gegen mich hatte er offenbar nichts einzuwenden.

Es gab oder gibt auch Sonderschulen für geistig Behinderte, Blinde, Sehbehinderte, Körperbehinderte, schwer erziehbare, schwerst erziehbare (von einer Lehrerin an so einer Schule hörte ich den Begriff verhaltensoriginell), mehrfach Behinderte, Hörbehinderte, Gehörlose, Kinder mit Sprechproblemen.

Schulen für Hochbegabte nennt man nicht Sonderschulen. Sonderschulen für Lernbehinderte haben einen netteren Namen bekommen: Förderschule.

Die Schule für unbeschulbare Kinder darf nicht Schule heißen. Also nennt man sie Einrichtung oder Projekt.

In der Schweiz darf sie Schule heißen. Ein Lehrer von so einer Schule für unbeschulbare Kinder war einmal bei mir im Klassenzimmer zu Besuch. Er schrieb mir hinterher:

Lieber Herr Robischon,

der Besuch in Ihrer dritten Klasse hat mich sehr beeindruckt. Selbstbestimmte Kinder beim eigenverantwortlichen Lernen zu beobachten, das kenne ich aus meinen Erfahrungen in Montessori-Einrichtungen (Kindergärten wie auch Schulen – Maria Montessori hat das sowieso nicht getrennt in ihrer Sichtweise der kindlichen Lernprozesse).

Was mir bei Ihrer Arbeit jedoch darüber hinaus besonders gefallen hat, war die Abwesenheit der didaktisch-methodischen Absicht (nicht des Zieles!).

Wenn Kinder fragen: Keine superschlauen Lehrer-Rückfragen, kein »ich antworte dir nicht, aber versuch es doch mal so …« Kein Fehleraufzeigen. Stattdessen ein sehr respektvolles und dabei humorvoll zurückhaltendes Eingehen auf das Kind und eine kurze Antwort auf die gestellte Frage.

Wenn Kinder nicht wissen, was sie tun wollen oder wie eine Aufgabe zu verstehen ist: kein schwungvolles »komm, ich zeig es dir«, kein unterschwelliges »wie, das kapierst du nicht?«, sondern höchstens die Frage: »Was kann man damit machen?«

Wenn Kinder unruhig sind, »stören« (Das Angstgespenst jedes Lehrers, auch meines natürlich: Der Unterricht gerät außer Kontrolle, das Geschehen entgleitet mir, ich muss die Zügel in der Hand halten …): Ihr geduldiges Abwarten, bis Kinder ihre Anliegen geklärt haben, auch wenn diese nichts mit dem Schulstoff zu tun haben (außer dass in den normalen Schulen jetzt Konfliktklärung, Umgang im Team, Verhaltensregelung usw. in den Lehrplan erhoben werden muss!)

Ich habe gesehen, wie die Gruppe der Jungen sich auf dem Sofa gebalgt hat. Einer hat sich mächtig die Nase angestoßen. Ein anderer, der kleine P., ist beinahe in einen echten Streit hineingerutscht. Während des Geraufes habe ich mich erinnert an meine eigenen Erfahrungen in dem Alter, Kämpfchen unter Freunden, um die Kräfte zu messen, Rangordnungen zu klären, seinen Körper zu spüren. Es war eine angenehme Erinnerung, auch wenn ich damals sicher eher vorsichtig und kein Raufbold war – wie sicher einige der Jungen hier auch. Mein Eindruck war, dass sie das wirklich brauchten in diesem Moment. Danach kehrte dann ja auch wieder eine ganz andere Atmosphäre ein, und alle wandten sich ihren Mathematikarbeiten zu.

Beeindruckend, wie sie dann tatsächlich fast alle eigenständig Aufgaben aus dem Arbeitsheft Matheprofi heraussuchten, die sie lösen konnten. Oder wie sie sich gegenseitig weiterhalfen. Es gab ja nun wirklich keine Erklärungen Ihrerseits, keine motivierenden Hinweise, kein Drängeln bei den Langsamen, kein Bremsen bei den ganz Schnellen, keine Anzeichen von Stoffdruck. Ich spüre ganz viel Vertrauen in die Lernfähigkeit der Kinder, in ihren Lernwillen, ihren Lernhunger. Da trifft sich Ihre Pädagogik wieder mit der von Maria Montessori, die auch davon ausging, dass Kinder gerne lernen und dadurch ihre Persönlichkeit aufbauen.

Ich habe gesehen, wie ein Junge einen anderen zu einem »Blinde Kuh«-Spiel mit der Augenbinde überreden wollte, aber der andere wollte lieber noch eine Rechenaufgabe in seinem Arbeitsheft machen. Daraufhin hat der erste sich dazugesetzt und auch gerechnet.

Ich habe kein einziges Mal gesehen, dass Kinder ihre Leistung miteinander verglichen, jedoch einige Male hat der Junge ganz vorne am Lehrerpult sit-

zend gesagt: »Ich kann das noch nicht,« dies eher in einem Ton der Vorfreude auf die vor ihm liegenden Abenteuer als in einem der Resignation.

Ich habe keine Bestrafung oder Tadelung von Kindern gesehen, keine Bewertung ihres Verhaltens, keine Belobigung ihrer Leistung. Ein Junge hat die Aufgabe, vorgegebene Figuren achsengespiegelt abzubilden, komplett missverstanden und mit viel Mühe und liebevoller Hingabe die Figuren einfach abgemalt. Ihre Reaktion: »Ist das nicht herrlich?« hat ihn von Herzen gefreut.

Ich habe nicht gesehen, dass bei Streitigkeiten die Täter gemaßregelt wurden. Ich habe gesehen, dass den Opfern beigestanden wurde. Ich habe gesehen, wie beide sich im Anschluss versöhnen konnten.

Ich habe Ihre Müdigkeit gesehen. Wie muss das sein, über so lange Jahre hinweg so sehr angefeindet zu werden und im engen Umfeld auf so wenig Verständnis zu stoßen? Was treibt Sie weiter an?

Einen der Schüler, den, der das rote Stirnband trug, habe ich beim Hinausgehen in die Pause gefragt: »Ihr habt einen tollen Lehrer, weißt du das?« »Ja«, hat er gesagt.

Heute bin ich den ersten Tag wieder in meiner Schule in Basel gewesen, in der Eccola. Der Unterschied zwischen den Schülern Ihrer Klasse, die so ungebrochen und voller Lebens- und Lernfreude sind, und denen in meiner Klasse, die so viel schlimme Schulerfahrungen gemacht haben, dass sie diese Freude fast ganz verloren haben, hat mich besonders geschmerzt. Doch selbst in aussichtslos scheinenden Situationen wird – selten – ein Hauch dieses Lernwillens spürbar, und dann weiß ich, warum ich von Müllheim nach Basel gefahren bin.

Ich wünsche Ihnen ein lebendiges letztes Schuljahr. Es lohnt sich, selbst wenn die Kinder außerhalb Ihres Unterrichts, zu Hause oder später ganz anderen Erfahrungen ausgesetzt sind. Irgendetwas bleibt ihnen doch, da bin ich mir sicher.

Ihnen und den Kindern einen herzlichen Gruß, es hat mir sehr gefallen bei Ihnen.

ERNST BÖSE

Stimmt. Mir haben damalige Kinder später aus ihrer Ausbildung oder ihrem Studium geschrieben.

Viele haben nicht geschrieben. Das ist richtig. Ich habe ja nicht gemacht, dass sie lernen. Gelernt haben sie selber. Ich habe es nur zugelassen.

Übliche Schule lässt das nicht zu.

Zwei Kolleginnen von einer »Einrichtung« für unbeschulbare Kinder waren auch da. Eine schrieb hinterher:

Hallo Herr Robischon, nie hätte ich gedacht, dass mich der Besuch bei Ihnen und Ihren Lerngruppen so bewegt. In der Nacht zum Freitag dachte ich, ich habe Herzerweiterungsstörungen, oder was Ähnliches. Manchmal während des Zuschauens in Ihrem Klassenzimmer wollte ich mich erst rausdenken mit Argumenten wie: Ist ja ne Dorfschule …; aber schon nach einiger Zeit genauen Hinschauens und späteren Beschreibungen der Kinderleben durch Sie, ist mir klargeworden, es liegt an Ihrem Arbeitsstil.

Ausschließlich. Der Tag wird mich noch lange begleiten – und wie ich weiß, meine Kollegin auch. Während ich am Freitag in der Schule arbeite und nicht im Projekt, hat sie nämlich schon im Projekt angefangen, mit ihrem neuerworbenen Wissen zu experimentieren. Wir haben samstags ganz gegen unsere Art mal telefoniert, weil es einfach alles so spannend war. Trotz allem Schönen bleibt es einem dann auch nicht erspart, über die Gesellschaft, in der wir leben, nachzudenken und vor den eigenen Pannen nicht haltzumachen und sich der pädagogischen Arbeit wieder neu zu stellen. Aber lernen macht ja lebenslang Spaß – und so spinnen wir auch wieder neue Netze. Ich wünsche mir, dass noch viele Lehrer/innen auf die geniale Idee kommen, Sie in Ihrer verbleibenden Dienstzeit zu besuchen. Das kann einem kein Buch, kein Film vermitteln. … nicht zuletzt möchte ich erwähnen, wie sehr es uns aufgefallen ist, wie fair Sie über Ihre anders arbeitenden Kolleginnen reden. Auch das ist eine Seltenheit unter Lehrer und Lehrerinnen. Ich verbleibe mit ganz lieben Grüßen und einem Haufen guter Erinnerungen …

Nehme ich das als Übergang?

Ich habe anders gearbeitet in der Schule. Wenn ich davon erzählte oder es in einem Text beschrieb, konnten sich Leute, die doch Schule kannten, nicht vorstellen, wie das war, wie das gehen sollte. Und kamen zu Besuch in meine Schulräume, draußen und drinnen. Die mit dem weitesten Weg kamen aus Wien, aus Leipzig und aus dem deutschsprachigen Teil von Belgien.

Zeitweise wurden die Besuche vom Schulamt verboten. Eltern hatten sich über die Besuche beschwert, weil sie der Meinung waren, ihr Kind würde vom Unterricht abgelenkt. Sie hatten nicht verstanden oder akzeptiert, dass ich ihr Kind selbstständig und in ständiger Zusammenarbeit lernen ließ. Es waren Lehrerinnen oder Leute aus Berufen, in denen Lehrgänge Alltag sind.

Meine Kolleginnen an derselben Schule kamen nie. Selbst die nicht, die (ohne mein Wissen) vom Schulamt gebeten worden waren, über meine Arbeit zu berichten. Sie hatten gesehen, dass man sich bei einer Arbeitsweise wie meiner, Elternbeschwerden und Kontrollbesuche der Schulbehörden einbrockt.

Die zwei Besucher aus Wien, eine Erziehungswissenschaftlerin und ein Lehrer, wollten nach ihrem mehrtägigen Besuch im Schulzimmer den Kindern Süßigkeiten schenken und fragten mich, wie sie die Verteilung denn organisieren könnten, damit alle ihren Anteil bekämen. Ich schlug ihnen vor, das, was sie schenken wollten, einfach auf einem Tisch auszubreiten. Ob sie verstanden haben, warum die Verteilung gerecht und friedlich ablief, selbstorganisiert?

Auch Kinder aus anderen Klassen, die dazu stießen, bekamen etwas ab.

Was hatten sie erwartet nach ihren Erfahrungen in normalen Schulen?

Was wäre passiert in einer normalen Schule, wenn es draußen eine kleine Sonnenfinsternis gegeben hätte und der Lehrer hätte nur eine einzige Sonnenfinsternisbrille dabeigehabt?

Ich hatte wirklich nur eine einzige Schutzbrille dabei, es waren 18 Kinder und ich mischte mich nicht ein. Es war ein Musterbeispiel für funktionierende Selbstorganisation.

Meine eigene Schulzeit als Kind, Jugendlicher und junger Erwachsener liegt schon lange zurück. Auch meine vierzig Jahre im Schuldienst sind schon wieder eine Weile her. Immer wieder hat sich etwas verändert. Alle paar Jahre gibt's neue Lehrpläne. Die Lehrerausbildung soll sich verändert haben. Aber immer noch gibt es Pädagogik und Didaktik. Immer noch soll gemacht werden, dass Kinder und Jugendliche tun, was man sagt, dass sie sich merken, was man sie lehrt, dass sie geprüft werden können über die vorgesehenen und vorgeschriebenen Lehrinhalte. Und immer noch wird geklagt über Störungen, Auffälligkeiten, Nichtkönnen, Ausfälle, Unruhe.

Anforderungen werden gesenkt, damit mehr Schülerinnen und Schüler Prüfungen bestehen, damit sie sie besser bestehen, möglichst mit dem Durchschnitt Eins.

Und in der jeweils weiterführenden Bildungseinrichtung wird geklagt über die mangelhaften Erfolge der vorangehenden. Studierende an Hochschulen und Universitäten beherrschten die Grammatik nicht, könnten keine Rechtschreibregeln, verfügten kaum über Allgemeinwissen.

Lehrerinnen und Lehrer gingen scharenweise vorzeitig in den Ruhestand, bis es die Regelung gab, dass bei vorzeitigem Ausstieg das Ruhegehalt gekürzt wird. So machen also viele Lehrkräfte mit Ach und Krach weiter, um ihr Ruhegehalt zu retten.

MO
Di
Mi
DO
FR
SA
ERNST BÖSE

Der Ausblick

Selbstbestimmtes Lernen

Vierzig Jahre war ich Lehrer. Jetzt bin ich schon lange nicht mehr im Schuldienst. Vorige Woche bekam ich wieder eine Mail mit der Bitte, hospitieren zu dürfen bei mir im Schulzimmer.

Schade, ich musste absagen. Dafür konnte ich ein paar Tipps geben, wie man das macht: Anders mit Kindern und ihrem Lernen umgehen, als es verbreitet in Schulen üblich ist.

In Schulen wird Kindern gesagt, was sie tun sollen. Dazu müssen sie still sein und zuhören, die Erklärungen verstehen und das tun wollen, was ihnen aufgetragen wurde.

Das sei gut für sie und für später.

Wenn Kinder nicht zuhören und nicht still sind, werden Maßnahmen ergriffen. Die nennt man pädagogisch. Früher taten sie richtig weh, heutzutage verletzen sie nicht mehr äußerlich. Ohne solche Maßnahmen sei es nicht möglich, Kindern etwas zu erklären oder ihnen Aufträge zu geben.

Als ob Kinder so lernen würden.

Menschen, die in der Schule fürs Lernen zuständig sind und Kindern aufmerksam zuschauen und ihnen zuhören, merken das, werden unzufrieden mit der Arbeitsweise, die sie studiert haben, und gehen auf die Suche.

So schrieb mir also eine Lehrerin:

Ich schreibe dir, weil ich nun durch den Dschungel des Internets deine Homepage ebenfalls durchgegraben habe und immer wieder vor der Frage stehe, ob ich meinem Weg trauen kann, obwohl ich von diesem anderen Weg

– wie du ihn gehst – überzeugt bin. Ich weiß aber nicht, wie ich ihn gehen soll, ich habe das nicht gelernt, ich habe nichts, woran ich meine Sinne schärfen kann, wie ich ein Lernbegleiter werden kann. Ich muss das Rad so sehr neu erfinden und habe nur sehr ungreifbare Literatur.

Und ich habe natürlich geantwortet:

Ich soll Dir Mut machen?

Ich war nicht Schulleiter mit vielen Möglichkeiten, sondern eher Alleinlehrer, den man nicht verjagen konnte. Fang einfach nacheinander an: Bestrafe Kinder nicht. Und sag ihnen das. Strafe ist sinnlos. Kinder sind für sich selber verantwortlich.

Nichts zeigt in einer Schule deutlicher die Machtausübung oder den Versuch dazu, als Strafen oder sogenannte pädagogische Maßnahmen.

Kindern bleibt nur, sich zu unterwerfen oder sich mehr oder weniger massiv zu wehren.

Wenn Strafe nicht mehr vorkommt, wenn Kinder in der Schule nicht mehr »müssen«, wenn sie so lernen dürfen, wie sie von Natur aus lernen, dann unterwerfen sie sich nicht mehr, dann wehren sie sich nicht, dann nehmen sie ihr Lernen und die Zusammenarbeit selber in die Hand.

Klingt einfach?

Wer sich vornimmt, Kinder grundsätzlich nicht zu bestrafen, nimmt ihnen gegenüber eine andere Haltung ein, als sie vorher war. Ich begebe mich auf gleiche Augenhöhe. Ich weiß nicht mehr alles besser und schon vorher. Ich nehme nicht mehr an, dass ungewohnte Arbeitsergebnisse »falsch« seien.

Beispiel: 7 + 7 = 27

Ich frage nicht mehr ab, zur Kontrolle. Ich lasse mich fragen.

Und ich weiß, dass Kinder sich bewegen müssen und dass sie miteinander reden müssen. Wenn ich das weiß, versuche ich nicht, Kinder daran zu hindern, dass sie miteinander reden und dass sie sich bewegen.

Das ist so etwas, woran Lehrerinnen und Lehrer sich verschleißen: Die ständigen Versuche, Kinder daran zu hindern, dass sie reden und dass sie sich bewegen.

Wenn sie lernen, reden sie und sie bewegen sich.

Wenn sie stumm wären und unbeweglich, könnten sie viel weniger lernen, unter erschwerten Bedingungen. Damit Schulen mit verbreitet üblicher Arbeitsweise trotzdem etwas vorweisen können, wird belehrt und unablässig geprüft. Kindern wird etwas erklärt und es werden ihnen Anweisungen und Aufträge erteilt. Und dann muss geschaut werden, ob sie die Erklärungen verstanden haben, die Aufträge wie erwartet ausgeführt haben und die Anweisungen befolgt haben. Schule hat sich im Laufe der Zeit darauf eingestellt, dass die Ergebnisse nicht »sehr gut« sein können. Sie sind es nie bei allen Kindern oder Jugendlichen in solchen Lerngruppen, die Klassen genannt werden.

Als eine Lehrerin in Bayern Kinder selbstständig lernen ließ und es sich herausstellte, dass diese Kinder viel leichter und viel mehr lernten als bei traditionellem Unterricht, wurde sie gerügt von den zuständigen Schulbehörden und musste schließlich die Schule verlassen. Bei üblichem Unterricht »müssen« auch Kinder dabei sein, die mit schlechten Noten bewertet werden.

Bei meinem Umgang mit Kindern und ihrem Lernen war es ähnlich: Eltern hatten sich beschwert, es ginge Kindern bei mir »zu gut«. Kolleginnen waren der festen Meinung, ich würde Kinder einfach »zu gut« bewerten.

Die Schulbehörden mussten den Vorwürfen nachgehen und meine Arbeit kontrollieren.

Kinder und Jugendliche selbstständig und miteinander lernen zu lassen, ist Schulbehörden in der Regel unerwünscht. So etwas ist nicht planbar und vorhersagbar wie die Abläufe bei gleichzeitigem Unterricht. Nach einer Unterrichtsstunde kann die Lehrperson ins Buch eintragen was »dran« war. So eine Arbeitsweise nannte ich vor vielen Jahren Ostereierpädagogik: Den Lehrstoff verstecken, Kinder hinführen und ihn sich geben lassen.

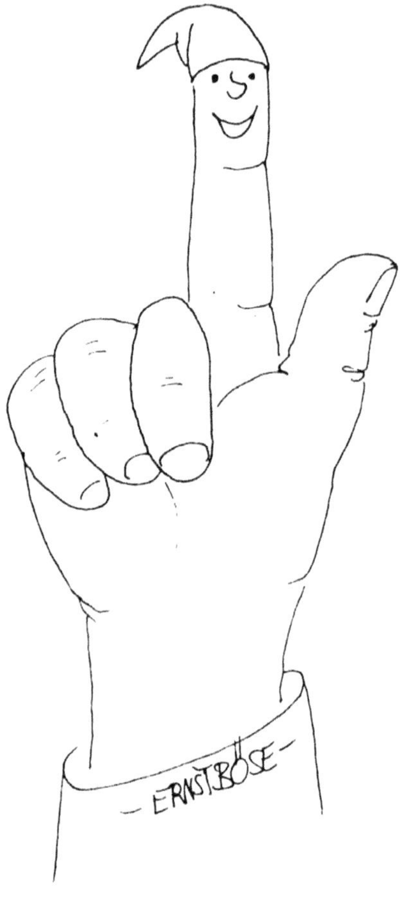
ERNST BÖSE

Erlebt habe ich das ganz deutlich bei einer Schulleiterfortbildung. In einer gymnasialen Oberstufe besuchten wir eine Unterrichtsstunde. Der Lehrer »erarbeitete« mit den jungen Erwachsenen einen Text, der an die Tafel geschrieben wurde.

In der Kaffeepause kamen wir an einem anderen Schulraum vorbei und ich sah, dass exakt der gleiche Text dort an der Tafel stand. Der Lehrer hatte ihn mit einer anderen Schulklasse erarbeitet. Meine Kolleginnen und Kollegen, die ich darauf hinwies, waren der festen Meinung, es sei der gleiche Schulraum.

Weil Kinder, Jugendliche und junge Erwachsene sich unter Umständen auf das Verfahren einlassen, weil nur über die besten Noten und die höchsten Abschlüsse die einträglichsten Karrieren eingeschlagen werden können, angeblich, gibt es inzwischen für diesen Umgang auch die Bezeichnung Bulimie-Lernen.

Die kontrollierenden Schulbehördenvertreter konnten sehen, dass ich keinen Unterricht halte, dass ich nicht erkläre, dass ich nicht bewerte und Kindern keine Aufträge gebe. Und sie konnten feststellen, dass die Kinder lernten und arbeiteten.

Eine Schulrätin erklärte das damit, dass diese Kinder eben besonders begabt seien. Und ein Schulamtsdirektor erklärte die Lernerfolge mit meiner Person. Damit wäre so ein Umgang mit Kindern und ihrem Lernen nicht ohne Weiteres übertragbar. Dabei ist selbstbestimmtes Lernen allen Kindern möglich. Man darf sie nur nicht daran hindern.

Wer Kinder bei ihrem Lernen begleiten will, kann sich das vornehmen und seinen Sprachgebrauch verändern. Für mich gab es nicht mehr Schüler und Lehrstoff, Unterricht und Belehrung, Erklärung und Aufträge, Bewertung und Maßnahmen. Die Wörter »wir«, »müssen« und »aber« strich ich komplett. Ich stellte keine Fragen, sondern fragte Kinder höchstens, wie es ihnen ging.

Und ließ mich unendlich fragen. Jedes Kind bekam seine eigene Antwort, gesprochen, geschrieben, gemalt, gezeigt.

Ein Beispiel dafür ist die Frage von Lisa, die wissen wollte, wie viel noch mal 9 plus 9 sei. Und ich antwortete »18«.

Eigentlich ist das alles ganz einfach und es ermüdet oder verletzt niemanden.

Lisa wusste die richtige Antwort. Sie wollte von mir nur die Bestätigung. Darüber freute sie sich.

Der verbreitet übliche Unterricht macht müde und verletzt.

Was ist eigentlich teurer?

Die Arbeitsweise

Wie habe ich meine Arbeitsweise und meinen Umgang mit dem Lernen und mit dem Leben von Kindern umgestellt? Wie hat das angefangen?

Schließlich hatte ich die übliche Ausbildung zum Lehrer, damals noch für Grund- und Hauptschule. Das Lehramt umfasst alle Fächer. Es gab und gibt den Lehrplan, der vorsieht, welche Inhalte in welchen Schuljahren und in welcher Reihenfolge gelehrt werden sollten. Am Ende eines Schuljahrs sollten Kinder das wissen und können, was ihnen beigebracht worden war. Weil das natürlich unterschiedlich ist, wird benotet. Noten zeigen, ob ein Kind den Lehrstoff sehr gut, nicht so gut, einigermaßen oder mit allerhand Lücken begriffen hat.

Ich stellte mich darauf ein, dass da in dem Raum vor mir lauter verschiedene Kinder sitzen, die unterschiedliche Erfahrungen gemacht haben, die unterschiedlich wahrnehmen, die unterschiedlich mit ihren Wahrnehmungen umgehen.

Wenn ich allen gleichzeitig etwas mitteile, kommen so viele unterschiedliche Informationen oder Geschichten oder Auskünfte bei ihnen an, wie da Kinder sitzen.

Würde ich sie Schüler und Schülerinnen nennen, dann müsste ich etwas anderes erwarten. Das Übliche. Das, was ja doch nicht klappt.

Lernende sind sie nicht nur, weil sie in der Schule sitzen. Sie lernen, seit es sie gibt, und sie werden nicht mehr damit aufhören, solange sie nicht daran gehindert werden.

Angefangen habe ich mit Lernmaterial, das Kindern nicht erklärt werden muss, das keine Aufträge hat und bei dem es nicht richtig oder falsch gibt. Kinder sehen, was es für Möglichkeiten gibt. Vielleicht gibt es ja mehrere.

Solches Lernmaterial war nicht zu haben. Übliche Schule hat Lehrmaterial im Klassensatz, für alle das Gleiche und zur gleichzeitigen Bearbeitung nach Anweisungen.

Also stellte ich es selber her. Zuerst fürs Rechtschreiben, dann für Grammatik und schließlich etwas zum selbstständigen Schreiben- und Lesenlernen und etwas zur Entwicklung von mathematischem Verständnis. Logik.

Als Kopiervorlagen musste das Material nicht genehmigt werden. Schulen und Schulbehörden hielten es für nettes Zusatzmaterial zum Unterricht. Professor Dr. Grömminger an der Pädagogischen Hochschule Freiburg, den ich gefragt hatte, ob es erlaubt sei mit ausschließlich Großbuchstaben anzufangen, stellte fest, es sei schließlich nicht verboten. In den 30er Jahren hatte es Fibeln gegeben, die so anfingen. Nach dem Erscheinen meines Schreib- und Lese-Anfangs gab es die Fibel mit der Handpuppe auch in einer Version mit Großbuchstaben.

Im ersten Jahr waren die Blätter handgemacht. Die Kinder sammelten sie in einer Mappe, die zu einem Buch anwuchs.

Zuerst fanden Eltern das Material lustig, die Kinder arbeiteten gerne damit. Die Ersten fingen nach drei Tagen an, selber zu experimentieren, andere brauchten ein Jahr oder mehr.

Bis beim Elternabend ein Vater fragte, mit welcher Fibel ich denn nun unterrichten wolle. Als er die Wahrheit erfuhr, war er entsetzt und meinte, die Kinder würden als Versuchskaninchen missbraucht. Das Schulamt schickte Schulräte zur Kontrolle und der Professor von der Pädagogischen Hochschule kam mit einem Team, das in diesem ersten Schuljahr in Ab-

ständen die Arbeit der Kinder und das, was ich dabei tat, filmte. Der Professor wollte einfach belegen, ob diese Kinder wirklich schreiben und lesen lernten oder nicht. Die Filmaufnahmen bewiesen es. All diese Kinder konnten lesen und schreiben. Sie konnten Geschriebenes verstehen und darauf reagieren. Die Filme sind in der Pädagogischen Hochschule Freiburg, auf meinen Wunsch, unter Verschluss.

Um die Arbeitsweise in der Schule grundsätzlich zu ändern, habe ich Grundsätze geändert. Statt Schülerinnen und Schüler hatte ich Kinder vor mir, statt Klassen Lerngruppen.

Selbstorganisiertes kooperatives Lernen ist keine Methode. So findet Lernen seit Urzeiten statt, selbstständig und miteinander. So kam es zu Erfindungen, Weiterentwicklungen, Wissen und Informationen darüber.

Wenn Kinder selbstständig lernen dürfen, müssen sie miteinander reden dürfen. Das, was normale Schule nicht haben will. Unterricht wird dadurch gestört. Selbstständiges Lernen ist aber nur so möglich.

Es gibt keine Sitzordnung. Kinder suchen sich selber aus, wo sie sitzen wollen, bei wem, in welcher Richtung, ob auf einem Stuhl, einem Ball, auf dem Tisch, auf dem Boden, auf dem Sofa …

Kindern muss nicht gesagt werden, was sie jetzt tun sollen und in welcher Reihenfolge. Lernmaterial und Lerngelegenheiten legt der Lernbegleiter einfach aus oder Kinder gehen danach auf die Suche in Regalen, in Kisten oder im Schrank. Kinder gehen gerne auf die Suche. Und wenn sie etwas noch nicht verstehen, fragen sie andere Kinder oder den Lernbegleiter, der immer deutliche und kurze Antworten gibt.

Was Kinder lernen können, habe ich zur Verfügung gestellt. Lern- und Arbeitsblätter, Nachschlagewerke, vielfältiges Arbeitsmaterial, unterschiedliche Informationen an den Wandtafeln und auf Plakaten, so deutlich und »durchsichtig« wie möglich. Lerngelegenheiten eben. Ich bin auch eine.

An der Wand hatte ich eine sogenannte Lern-Uhr, bei der die Stunden Klötzchen sind, die umgedreht werden können. An dieser Uhr konnte eingestellt werden, wieviel Zeit zur Verfügung steht. Im übrigen Schulhaus herrschten die üblichen Abläufe mit Klingelzeichen, die große Pause, Lehrerwechsel. Die Sporthalle stand nicht immer zur Verfügung.

Kinder mögen Abläufe, auf die sie sich verlassen können. Rituale, die klar strukturiert sind. Genauso wie sie sich auf mein Verhalten ihnen gegenüber, meine Antworten, Reaktionen auf ihr Verhalten verlassen konnten.

Wenn ich anders reagierte, sagten sie: Sowas machst Du nicht.

An einer Schule ist das Wichtigste, dass da viele verschiedene Kinder sind und dass sie sich sicher und wohl fühlen.

Wenn Kinder der unterschiedlichsten Entwicklungsstände zusammenarbeiten, werden Fragen gestellt und es entstehen neue Erfindungen und Erkenntnisse. Bisheriges Wissen ist immer nur Muster zu neuem und eigenem Wissen. Zu eigenen Verhaltensweisen und Einstellungen. Neues Wissen kann nur an Vorhandenes andocken. Kommunikationsformen können nur miteinander weiterentwickelt und wirklich brauchbar werden.

In den Lerngruppen, für die ich zuständig war, habe ich, auch als es hierzulande durchaus noch verboten war, Kinder mit besonderen Problemen und Handicaps mitlernen und -leben lassen, Epileptiker, erheblich Verhaltensauffällige, Autisten, Kinder mit IQ deutlich unter 70 oder 60, Kinder mit Sprachstörungen und mit Wahrnehmungsproblemen.

Sie haben sich wohl gefühlt und erreicht, was ihnen erreichbar war. Beobachtern fielen diese Kinder nicht auf. Sie verhielten sich einfach wie Kinder.

Das Schulamt wollte hinterher nur einen Bericht über meinen Umgang mit dem einen autistischen Kind. Sie hätten mir dessen Einschulung gerne verboten, weil Kolleginnen sich irritiert fühlten durch ein Kind, das man nicht direkt ansprechen konnte und dem man keine Anweisungen geben konnte. Die Eltern waren extra für diese Einschulung in die Nähe gezogen und jeden Tag saß ein Mann aus der Wohngemeinschaft als Schulbegleiter neben dem Jungen. Kolleginnen ertrugen es nicht, wenn ein Erwachsener im Klassenzimmer war und ihren Unterricht beobachtete.

Bei einem Kind mit Downsyndrom, dessen Eltern es gerne in eine »normale« Grundschule gegeben hätten, wurde mir die Einschulung strikt verboten. Downsyndrom sieht man eben und leider stand in der Tageszeitung, dass die erfreuten Eltern einen Lehrer für ihr Kind gefunden hätten.

Ein Kind nimmt etwas wahr, stellt die Verbindung zu etwas anderem Wahrgenommenen her, stellt die Beziehung zu sich selber her und dann experimentiert es mit dem, was es wahrgenommen hat und benennt es. Wenn man es lässt.

Am leichtesten werden Dinge oder Abläufe wahrgenommen, die sich von der Umgebung oder vom Üblichen unterscheiden.

Etwas steht aus einer Fläche heraus, es bewegt sich vor starrem Hintergrund, hat eine andere Farbe, zeigt in eine andere Richtung, hat eine neue Bedeutung.

Experimentieren bedeutet: Das Kind fasst den Gegenstand an, bewegt ihn, nimmt ihn in den Mund, lässt ihn fallen, versucht ihn zu verändern, findet Fragen dazu …

Üblich ist ein anderes Verfahren, ein eher einengender Umgang mit dem Lernen. Dem Kind wird etwas gezeigt, vorgehalten, erklärt in Erwachsenensprechweise. Damit das, was gelernt werden soll nach den Vorstellungen der Erwachsenen, leichter Zugang findet zu dem Kind, wird es vereinfacht, verkürzt, aus einem Zusammenhang herausgenommen. Wörter, die gelernt werden sollen, sind kurz: Mimi, Susi, Oma, Tobi, Fu, Fara, Mo, Leo …

Buchstaben werden isoliert: Heute haben wir das B und morgen lernen wir das E. Ende des ersten Schuljahrs sollen alle Buchstaben eingeführt sein. Fleißige Lehrerinnen sind damit an Ostern oder Pfingsten fertig. Obwohl die ersten Kinder einer Anfangsklasse längst lesen können.

Ein moderneres Verfahren bringt Kinder dazu, den Anfang eines Wortes zu hören, ein Bild aus einer Liste zu finden, das auch so anfängt, und den Buchstaben daneben zu sehen. Aus so gefundenen Buchstaben sollen Kinder dann eigene Einfälle zusammenstellen dürfen. Bei Kindern, denen dieses Verfahren undurchsichtig oder unverständlich ist, sagt man, sie

BIL
DUNG
ERNST HÜRLIMANN ROSE

brauchen mehr Zeit. Kinder, die auf ihren eigenen Lernwegen herausgefunden haben, wie Geschriebenes klingt, brauchen die Anlauttabelle nur noch zur Absicherung, als Nachschlagewerk sozusagen.

Bei angeleiteten Verfahren gibt es Kinder, die mitkommen, und solche, die zurückbleiben.

Bei selbstständigem Lernen gibt es schnellere und langsamere Kinder und Lernwege, die gerade oder verschnörkelt sind, Abkürzungen oder Umwege. Und sie lernen Unterschiedliches.

Und zum Lernen sollten Menschen schreiben und lesen können.

Überall im Schulraum konnte ich finden, was Kinder selber geschrieben haben. Geschriebenes, was ihnen niemand beigebracht hatte, Schrift, die sie selbst erfunden haben und die sie selber überarbeitet haben. Im Lauf von wenigen Tagen wurde z. B. aus HEROPCHION HEROBISHON und Herr Robischon. Sie konnten ja auch jederzeit nach der richtigen Schreibweise fragen.

Der Leiter des Schulamts sagte zu mir: Wenn Kinder lernen dürfen, was sie wollen, lernen sie so wenig wie möglich.

Und ich habe ihm widersprochen: *Wenn Kinder lernen dürfen, was sie wollen, lernen sie alles, was ihnen erreichbar ist.*

Zum Lernen sollten Menschen lesen können. So wie Menschen zum Überqueren eines Gewässers schwimmen können müssen oder ein Wasserfahrzeug bauen oder eine Furt finden oder eine Brücke konstruieren oder eine weitere Idee finden …

Üblicher »Unterricht« gibt Aufträge zum Konstruieren, zur Suche, zum Bauen oder erklärt die Bewegungsabläufe beim Schwimmen. Heute stand in der Zeitung, dass immer weniger Kinder schwimmen können.

Wie habe ich Kinder schreiben und lesen lernen lassen ohne Unterricht?

Ich habe ihnen Lernmaterial zur Verfügung gestellt mit Wörtern in Großbuchstaben und einfachen Zeichnungen dazu, die das Wort jeweils »lesbar« machen.

Hochbegabte oder besonders neugierige Kinder fangen nach drei Tagen an, mit ihren Wörtern, die sie nachgeschrieben haben, zu experimentieren.

Langsame oder Kinder mit geringerer Reichweite brauchen länger dazu. Von mir aus auch zwei Jahre oder mehr. Dann fangen auch sie an mit ihrer Schrift, mit ihrem Geschriebenen zu experimentieren und eigene Wörter und schließlich Sätze und Geschichten zu schreiben.

Das Lernmaterial das ich mir damals überlegt hatte, gibt es jetzt über 30 Jahre.

Und was macht der Lehrer dabei? Ich hab als Lernbegleiter in der Nähe gestanden oder gesessen und hab zugeschaut und zu gehört. Und wenn Kinder Fragen hatten, hab ich jedem seine kurze Antwort gegeben.

Glauben Sie mir, Kinder haben unendlich viele Fragen und können mit langen Erklärungen nichts anfangen.

Das was Kinder fragen, was sie wissen wollen, macht Respekt vor ihnen. Ebenso die Beobachtung ihrer Experimente, ihrer eigenen Konstruktionen, ihrer Erfindungen die ihre Lernwege und Umwege zeigen. Das was bei üblichem Unterricht als Fehler angesehen wird und Tadel, Erklärungen und „Hilfen" auslöst, zeigt einfach seine Lernbewegungen und ist auf jeden Fall richtig. Das Kind das 7+7=27 geschrieben hat, kann logisch denken.

Beim **selbstorganisierten kooperativen Lernen** bin ich zum Beispiel mit Kindern zu einem Gewässer hin gegangen. Dass es eine andere Seite gibt, sehen sie schon selber. Im Lehrplan gibt es allerhand vorgeschriebene Themen die mit Wasser zu tun haben. Die abzuarbeiten und zu unterrichten dauert ganz schön lange und hinterher ist durchaus nicht sicher dass alle Kinder verstanden haben wovon die Rede war. An einem Bach, an der Stelle an der zwei oder drei Bäche ineinander fließen, lernen Kinder in kürzester Zeit unheimlich viel über Wasser. Und sie kommen immer wieder gerne da hin.

Bei meiner Arbeit mit Kindern gab es die „heilige" Regel, am Schluss das einzige Verbot. **Kinder dürfen nicht bei der Arbeit gestört werden**, nicht beim Ideen haben, bei Ausprobieren, beim Experimentieren.

Die anderen beiden Verbote konnten wegfallen. (Es ist verboten, Kindern weh zu tun oder sie zu beleidigen. Es ist verboten, anderen etwas weg zu nehmen).

Sowas kam schließlich nicht mehr vor.

Was passiert, wenn das Verbot nicht eingehalten wird? Das Kind wird daran erinnert.

Viel wichtiger waren die drei Erlaubnisse: Immer reden, immer frei bewegen, alles nehmen zur Arbeit, was im Raum und um das Schulhaus erreichbar ist.

Nein, es war nicht zu laut. Nein, es wurde nicht sinnlos getobt. Nein, es ging fast nichts kaputt. Es gab so gut wie keine Unfälle mehr. Strafen gab es keine.

Ich hatte einfach damit aufgehört nach der letzten Strafarbeit, die ich einem Kind aufgebrummt hatte. Das kleine Mädchen musste zwanzigmal schreiben: Ich darf keine Kinder mit dem Hammer schlagen. Das hat sie ausgesprochen sorgfältig erledigt in zwanzig Farben.

Diese letzte Strafarbeit hing im Glaskasten, bis die Farben verblasst waren. Das kleine Mädchen von damals erinnerte sich später daran und schrieb mir, sie hätte kein Kind mit dem Hammer geschlagen. Sie war mit dem Hammer hinter einem anderen Kind hergerannt.

Wenn Kinder selbstständig sein dürfen, organisieren sie ihre Arbeit, ihre Zusammenarbeit. Sie finden Systeme, Symmetrie, Gleichgewicht, Halt, Vereinbarungen, Verabredungen. Sie sichern sich ab. Sie passen auf sich gegenseitig auf, weil sie sich ja brauchen.

Wenn sie bauen, ordnen und sortieren dürfen, entwickeln Kinder mathematisches Verständnis. Wenn es etwas zu zählen gibt, zählen Menschen ganz von selber. Ich habe schon Zweijährige mit spitzem Finger ähnliche Gegenstände auf einem Flohmarkttisch zählen gesehen. Zahlwörter sind dann sicher noch nicht dabei. Eher solche Urvorstellungen wie bei Steinzeitvölkern, die es heute noch gibt: eins, zwei, mehr als zwei …

Kinder vergleichen. Sicher aus unterschiedlichen Blickwinkeln.

Deshalb kann es schwierig werden, wenn sie im Auftrag und nach Anweisung gleichzeitig vergleichen sollen.

Weil Menschen anpassungsfähig sind, verstehen zahlreiche Kinder, dass es gut für sie und ihr Weiterkommen sei, wenn sie sich auf die Anweisungen und Aufträge einlassen und so verfahren, wie eine Lehrkraft es wünscht zur Kontrolle von Lernfortschritten.

Bei zwei aufeinanderfolgenden Lehrerkongressen an Pädagogischen Hochschulen habe ich einmal meinen Workshop zu einem anderen Umgang mit dem Lernen angefangen mit meiner Behauptung: *Kinder lernen nicht in kleinen Schrittchen, nicht der Reihe nach, nicht gleichzeitig und schon gar nicht das Gleiche.* Den Satz hatte ich zu anderem, von dem ich reden oder es zeigen wollte, an die Wandtafel geschrieben.

Bei der Veranstaltung für Grundschulen erntete ich Entrüstung, bei der für Sonderschulen Zustimmung. In der einen Schulart wird wohl häufig versucht, gegen das, was ich behaupte, vorzugehen, in der anderen Schulart wird einfach darauf eingegangen.

Kinder lernen nicht in kleinen Schrittchen. Sie stellen sich ein Netz, ein Feld ihres Wissens, ihrer Eindrücke, ihrer Erfahrungen, ihrer Theorien zusammen und plötzlich fühlen sie sich sicher.

Wenn sie ein Bröckchen nach dem anderen gereicht bekommen und es sich »merken« sollen (verinnerlichen wird so etwas gerne genannt), dann werden sie immer auf die Zustimmung, Bewertung, Beurteilung von anderen angewiesen sein. Solche Kinder sagen nach einer Test-Arbeit: »Hoffentlich habe ich viel richtig.«

Ich erinnere mich an eine Viertklässlerin (kurz vor ihrem Abitur schrieb sie mir wieder), die mir ihre Arbeiten grundsätzlich mit der Bemerkung abgab: »Es stimmt alles, ich habe es kontrolliert.«

Es stimmte alles.

Oder an eine Zweitklässlerin, die sich aus meinem Mathematikangebot von der Wandtafel die »Aufgaben für Taschenrechner« ausgesucht hatte. Immer stellte ich Kindern von der ersten Klasse an Taschenrechner zur Verfügung. Fünf Stück lagen auf meinem Tisch oder auf der Fensterbank.

Glutamin
Ritalin
ERNSTBOSE

Wenn Kinder mit dem Taschenrechner arbeiten können, verdrehen sie keine Zahlen und sie schreiben mehrstellige Zahlen in der sicheren Abfolge. Die kleine Zweitklässlerin stellte eines Tages fest, dass sie die Additionen mit vierstelligen Zahlen auch ohne den Taschenrechner schaffen konnte. Sie nahm ihn nur noch zur Kontrolle, wenn das Kind, mit dem sie zusammenarbeitete, ein anderes Ergebnis gefunden hatte.

Kinder sollen nicht Ergebnisse abliefern, sie sollen sicher werden dürfen und sie sollen wissen, wie sie selber ihre Arbeiten, Erfindungen, Zusammenstellungen überprüfen können.

Wenn Menschen heutzutage an ein Gewässer kommen, finden sie in der Regel die Brücke oder die Fähre schon vor. Sie benützen sie einfach oder werden informiert über die Bedingungen, die Fährpreise, die Fahrzeiten, die Maut.

Und wer mit dem Auftrag eines Brückenbaues beauftragt wird, greift auf vorhandene Konstruktionspläne zurück und verändert sie, um der neuen Brücke ein eigenes Gesicht zu geben. Es sei denn, es handelt sich um die Überbrückung von einem Bach für einen landschaftlichen Weg. Wo es in früheren Zeiten wunderschöne Bögen aus Bruchsteinen gab, liegt jetzt einfach eine große Betonplatte. Ihre Funktion erfüllt sie auch. Der Benutzer wäre auch mit dem Traktor durch die Furt an dieser Stelle gefahren. Die Betonplatte schützt halt das Wasser und verhindert ein mögliches Steckenbleiben in weichem Untergrund oder Behinderung durch Hochwasser.

Brücken und Netze sind Bilder, die ich verwende für meine Sicht auf Lernwege. Lernspuren führen von einem Standort zum anderen und wieder zurück. Wenn es vorbereitete Wege wie Schienen sind, dann behaupte ich, es handelt sich nicht um Lernen, nur um das Sammeln von Informationen, zur Verwendung dieser Schienenwege oder zur Überwindung der Lernkontrollen, die in unserem Bildungswesen unablässig eingeschaltet sind und die als Beweise für Lernfortschritte herhalten sollen. Sie sind keine Beweise für Lernfortschritte. Sie sind Beweise für erfolgreich überstandene Kontrollen.

Langsame oder Kinder mit geringerer Reichweite brauchen länger dazu. Von mir aus auch zwei Jahre oder mehr. Dann fangen auch sie an, mit ihrer Schrift, mit ihrem Geschriebenen zu experimentieren und eigene Wörter und schließlich Sätze und Geschichten zu schreiben.

Das Lernmaterial, das ich mir damals überlegt hatte, gibt es jetzt seit über dreißig Jahren.

Und was macht der Lehrer dabei?

Ich habe als Lernbegleiter in der Nähe gestanden oder gesessen und hab zugeschaut und zugehört. Und wenn Kinder Fragen hatten, habe ich jedem seine kurze Antwort gegeben.

Glauben Sie mir, Kinder haben unendlich viele Fragen und können mit langen Erklärungen nichts anfangen.

Das, was Kinder fragen, was sie wissen wollen, macht Respekt vor ihnen. Ebenso die Beobachtung ihrer Experimente, ihrer eigenen Konstruktionen, ihrer Erfindungen, die ihre Lernwege und Umwege zeigen. Das, was bei üblichem Unterricht als Fehler angesehen wird und Tadel, Erklärungen und »Hilfen« auslöst, zeigt einfach seine Lernbewegungen und ist auf jeden Fall richtig. Ein Kind, das 7 + 7 = 27 geschrieben hat, kann logisch denken.

Beim *selbstorganisierten kooperativen Lernen* bin ich zum Beispiel mit Kindern zu einem Gewässer gegangen. Dass es ein anderes Ufer gibt, sehen sie schon selber. Im Lehrplan gibt es allerhand vorgeschriebene Themen, die mit Wasser zu tun haben. Die abzuarbeiten und zu unterrichten dauert ganz schön lange und hinterher ist durchaus nicht sicher, dass alle Kinder verstanden haben, wovon die Rede war. An einem Bach, an der Stelle, an der zwei oder drei Bäche ineinanderfließen, lernen Kinder in kürzester Zeit unheimlich viel über Wasser. Und sie kommen immer wieder gerne dahin.

Bei meiner Arbeit mit Kindern gab es die »heilige« Regel, am Schluss das einzige Verbot. *Kinder dürfen nicht bei ihrer Arbeit gestört werden*, nicht beim Ideen haben, beim Ausprobieren, beim Experimentieren. Wenn man Kinder beim Experimentieren und Ideen haben stört, hören sie womöglich damit auf.

Solches Kontrollwissen, richtige Antworten auf vorbereitete Fragen oder erwarteter Umgang mit einem künstlich hergestellten Problem, nennt man »totes Wissen«. Ballast. Tests haben längst ergeben, wie Jugendliche solchen Ballast abschütteln. Am Ende des achten Schuljahrs »wissen« viele weniger als zu Beginn des siebten.

Was Kinder vorfinden als Schule

Wenn ich anfange aufzuzählen, vorzurechnen, vorzuwerfen, was übliche Schulen Kindern anbieten als Lernumgebung, dann fühlen sich allerhand Lehrkräfte, für die Schule Verantwortliche, Eltern von gut bewerteten Kindern angegriffen.

Ich greife die Schulen, die Kinder selbstständig lernen lassen, in denen Kinder sich frei bewegen dürfen, in denen sie immer reden dürfen, in denen ihnen all ihre Fragen immer beantwortet werden, in denen Türen offenstehen, in denen Erwachsene als Lernbegleiter zuständig, nicht verantwortlich sind, nicht an.

In üblichen Schulen wird Kindern gezeigt, was sie lernen sollen, wird ihnen gesagt, was sie tun sollen, werden sie auf all das hingewiesen, was sie noch nicht können oder was sie »falsch« gemacht haben. In einem Diktat mit sechzig Wörtern werden die falsch geschriebenen Wörter gezählt, nicht die richtigen. Für die Anzahl der falschen bekommt man die Punkte oder die Note.

Für Verhalten, das die Lehrerin oder den Lehrer stört, gibt es schlechte Noten, Beschwerden, Verweise. Es werden nur Fragen zugelassen, auf die die Lehrkraft vorbereitet ist und für die die Antworten vorbereitet sind. Zur Sicherheit stellt die Lehrkraft die Fragen.

In früheren Jahrzehnten gab es Schulbücher mit vorbereiteten Fragen. Daneben stand die Antwort. Das Buch mit den Antworten hatte natürlich nur der Lehrer.

ERNST BOSE

In üblichen Schulen sind Kinder, Jugendliche und junge Erwachsene sortiert nach vorgesehenem Wissensstand. Lehrpläne sehen vor, was Lernende in welcher Klasse wissen oder können sollten. Natürlich alle das Gleiche gleich gut. Oder?

Dass es nicht so ist, weiß eigentlich jeder.

Geklagt wird über die angeblich nachlassende Qualität und Disziplin der jungen Lernenden, nicht über die Verfahren, sie zu Wissen kommen zu lassen.

Die Verfahren sind verschiedene Arten von »Unterricht«, Frontalunterricht, offener Unterricht, ferngelenkter Unterricht, genannt Freiarbeit, mit Strenge oder mit Freundlichkeit.

Lernen als Bewegung von A nach B in einem Tunnel, auf einer Bahn, auf einer Strecke, eng oder weiter.

In Lehrplänen steht, welche Lehrziele in welchem Schuljahr oder in welchem Zeitraum erreicht werden sollen. In den Bildungsplänen, mit denen Lehrkräfte ihr Schuljahr oder wenigstens das Halbjahr vorbereiten, steht drin, was diese Kinder oder Jugendlichen in diesem Zeitraum gelernt haben müssen.

Lehrer und Lehrerinnen sollen annehmen, dass die Kinder oder Jugendlichen, die da vor ihnen sitzen und von ihnen unterrichtet und kontrolliert werden, annähernd gleiche Begabung, ähnliche Lernwege und ähnlichen Wissensdurst haben.

Gelerntes soll die Folge von Belehrung und Unterricht sein.

Gemessen wie ein Pegelstand mit Hilfe von Prüfungen, Klassenarbeiten, Hausarbeiten, Tests und Befragungen.

Weil sich die Pegelstandsmessung in der Regel auf das jüngst Unterrichtete und Gelehrte bezieht, zeigen die Prüfungen einen halbwegs aktuellen Stand. Das, was früher, vor einer Woche, vor Monaten, vor einem Jahr gelehrt wurde, ist bei zahlreichen Lernenden längst vergessen, verdrängt, in die Unwichtigkeit abgeschoben. Man braucht es ja nur für diese Prüfungen.

Selbst Schreiben und Lesen gehört dazu.

Kinder, die im dritten Schuljahr Diktate mit Null Fehlern geschafft haben, haben wenige Jahre später die Rechtschreibregeln vergessen. Es gibt ja keine Diktate mehr.

Was Kinder vorfinden könnten als Lernumgebung

Eine offene und geschützte Lernumgebung, in der sie mit anderen Kindern reden, spielen, arbeiten und lernen dürfen, was ihnen erreichbar ist.

Räume, in denen sie sich frei bewegen können. Eine Wiese mit Bäumen und einem Bach.

Tiere, Nachbarn, einen Garten.

Jede Menge Bücher, Papier, Farben, Experimentiermaterial, Lupen, Farbbrillen, Baumaterial, Computer, … und von allem zu wenig für alle.

Nichts im Klassensatz.

Vor allem andere Kinder zum Reden, Verhandeln, Spielen, Lernen, Fragen, Helfen.

Gerne auch ein Schulgebäude, das selbstständiges und kooperatives Lernen zulässt. Ein Redakteur einer Bildungszeitschrift wollte einmal von mir wissen, wie ich mir eine Schule vorstelle, und ich konnte sie ihm aufzeichnen. Sie ist achteckig, nach allen Seiten zu öffnen. Sie hat keine Treppen und eine offene Mitte. Die Räume kann man durch Schiebewände gegeneinander öffnen und miteinander verbinden. Sie hat eine Wiese, Bäume, Büsche, einen Bach, Nachbarn.

Wenn Kinder immer reden dürfen, reden sie immer miteinander. Sie teilen sich mit, was sie herausgefunden haben. Sie treffen Vereinbarungen. Sie einigen sich darüber, wer jetzt grade die gelbe oder die blaue Farbbrille haben kann. Sie lesen miteinander Bücher. Sie fragen unablässig den Lernbegleiter, die Lernbegleiterin.

Sie suchen nach den Lerngelegenheiten, die in den Räumen, in Schränken zur Verfügung stehen. Sie legen sich hin und schlafen ein bisschen, wenn sie müde sind.

Sie schauen auf die Uhr und stellen fest, wie viel Zeit noch ist bis zur Essenszeit, bis zur Spielpause, bis zum nach Hause gehen.

Sie helfen sich gegenseitig. Sie lernen, wie man sich nach einem Streit wieder einigen kann.

Sie freuen sich auf den nächsten Tag.

Eine junge Mutter, die ihr Kind bei mir zur Schule anmeldete, fragte ausgiebig und erfuhr von mir, wie ich Schule zulasse. Sie meinte, das sei ja nicht wie Schule, sondern wie Leben.

Das machte ihr Angst. Sie war selber in der Ausbildung zur Lehrerin und kannte Schule ausgiebig. Ihre Bedenken hatten auch andere, immer wieder. Sie sahen den erheblichen Unterschied zwischen dieser lebendigen Lernumgebung zu den Folgeschulen, in denen unablässig belehrt, geprüft, getadelt, bewertet wird. Als sei das unbedingt notwendig, wenn aus dem Kind etwas werden soll.

Was die Folgen sind, kann man immer wieder in der Zeitung lesen in Klagen über Schule, das Bildungswesen, den Schulstress.

Das Problem

Wie soll ich Lehrerinnen, Lehrer, Eltern, Schulräte davon überzeugen, dass Schule ganz anders sein könnte als üblich. Als es in Heidelberg 1996 den ersten Kongress »Die Schule neu erfinden« gab, der von Prof. Reinhard Voss veranstaltet wurde, wurde ich zwar noch als Referent beurlaubt, aber aus dem Kultusministerium hieß es, man brauche sie nicht neu zu erfinden, man habe ja die Schule.

Ein Teilnehmer, ein Schulleiter aus dem deutschsprachigen Teil von Belgien, meinte nach meinem Vortrag, es werde wohl noch fünfzig Jahre dauern, bis Schule sich so verändern würde. Ich rechne mit fünfhundert Jahren.

Das Kultusministerium wollte also keine andere Schule.

Die nächste Behörde ist das Oberschulamt oder Regierungspräsidium. Diese Behörde überwacht nur die Einhaltung der Maßgaben von oben

ERNST BOSE

und sichert nach unten ab mit einer Schar Juristen. Immerhin konnte ich bei meinen Scharmützeln mit diesen Behörden erfahren, dass ein Schulleiter so verfahren darf, wie er es für pädagogisch sinnvoll hält. Das Wort epistemologisch kam im Sprachschatz der Schulbehörden nicht vor.

Die Behörde über dem Kopf des Schulleiters war das Staatliche Schulamt. Das kümmerte sich darum, dass der Schulalltag einigermaßen geregelt ablaufen konnte. Notfalls auch mit sinnlosen Maßnahmen. Ich habe ein Formular vom Schulamt bekommen, auf dem ich einmal zu meiner eigenen Krankheitsvertretung abgeordnet worden war. Es fiel natürlich nicht auf, dass das nicht klappte.

Das Oberschulamt sollte die Schulen mit genügend Lehrkräften versorgen. Und als ich einmal zu einer Tagung der Bertelsmann-Stiftung zu Innovativen Schulen eingeladen war als Referent, wurde ich vom Abteilungsdirektor beurlaubt »unter Zurückstellung von Bedenken«.

Einmal rief mich ein Jurist aus dem Oberschulamt an, weil ich über ein Kind schulische Auskünfte erteilt habe. Die geschiedene Mutter hatte gefragt, wann ihre Tochter Unterrichtsende habe. Das Schulamt verbot mir telefonisch, ein behindertes Kind einzuschulen. Von den anderen Kindern mit Handicaps, die ich an der Grundschule aufgenommen hatte, wussten sie nichts. Den Kindern sah man ihre Besonderheit nicht an.

Auf Anordnung des Kultusministeriums und des Oberschulamts musste das Schulamt regelmäßig meine Arbeit kontrollieren. Mal kamen drei Schulräte, mal zwei und schließlich in Abständen von mehreren Wochen eine Schulrätin, die sich schließlich recht wohl fühlte in den Lerngruppen und zwischen den neugierigen und aktiven Kindern.

Etwa zwei Jahre vor meinem Ruhestand hörte die Dauerüberwachung schließlich doch auf. Sie schlief einfach ein. Die Kinder lernten ja tatsächlich. Meine Arbeitsweise konnte das Schulamt nicht recht beschreiben und man glaubte nicht, dass so etwas nachgemacht werden könnte.

Warum auch? Es gab ja die übliche Schule.

Für meine Kolleginnen an der Schule wäre es unerträglich gewesen Schulratsbesuch zu bekommen. Sie waren ja schon nervös, wenn ich als

Schulleiter gelegentlich eine Beurteilung abliefern musste und eine Schulstunde bei ihnen besuchte und dann beschrieb.

Die Beurteilung gab es von mir übrigens immer in Form eines Briefes an die Lehrkraft. So wie ich auch Zeugnisse für Kinder als Brief ans Kind schrieb.

Was ist das Problem?

Solange die übliche Schule sich noch irgendwie bewegt, gibt es für die meisten Leute keinen Grund, etwas grundsätzlich anderes zu wollen. Ich habe das mit dem entsetzlichen und chaotischen Verkehr in Mexico City verglichen. Solange er sich noch irgendwie bewegt, lässt man es eben weiter laufen.

Das Problem ist eigentlich, dass Kinder nicht so lernen, wie übliche Schule es annimmt.

Dass Kinder beim Lernen reden müssen und sich bewegen, dass sie fragen und experimentieren müssen, dass sie eigene Lernwege und Lernumwege einschlagen müssen, wird von der üblichen Schule als Störung empfunden. Als Aufmerksamkeitsdefizit, als Krankheit ADHS.

Dagegen werden Medikamente verschrieben in ungeheuren Größenordnungen. Eltern wollen, dass ihr Kind erfolgreich sei, messbar in guten Noten. Lehrer und Lehrerinnen wollen ungestört unterrichten können. Weiterführende Schulen wollen auf Grundlagen, die Schulen vorher festlegen, weiterarbeiten können.

Dabei müssen sie immer wieder feststellen, dass da irgendetwas fehlt. Wenn der übliche Unterricht nicht das erreicht, was die Lehrer und Lehrerinnen gerne erreicht hätten, bekommen Kinder und Jugendliche schlechte Noten, bleiben sitzen, müssen als Rückläufer ihre Schulart verlassen und landen sozusagen auf einer Schulart tiefer. Oder sie fallen ganz aus dem Schulsystem.

Und die Eltern. Etliche Eltern beschwerten sich beim Schulamt und beim Oberschulamt, eventuell beim Kultusministerium, es ginge den Kindern zu gut bei meinem Umgang mit ihrem Lernen.

Natürlich wollten diese Eltern nicht, dass es ihrem Kind etwa schlecht gehe. Sie hatten nur damit gerechnet, dass ihr Kind es schwer habe in der

Schule, sich quälen müsse, vieles nicht könne und sich schwer tue mit den Aufgaben.

Dass es nicht so war, muss ihnen eher unheimlich gewesen sein.

Strafarbeiten gab es überhaupt nicht und Hausaufgaben, die ich gerne als Hausfriedensbruch bezeichnet habe, gab es nur, weil Eltern darauf bestanden. Und die Kinder konnten sich selber aussuchen, was sie machen wollten und konnten.

Ein kleines Mädchen hatte mir flehentlich geschrieben: *Herobischon bite neme mich mer tran.*

Ich hatte das damals nicht verstanden, weil bei mir Kinder nicht aufgerufen und abgefragt wurden.

Jeden Tag wurde das Kind zu Hause nach der Schule gefragt, ob es »drangekommen« sei und ob es gut gewesen sei.

Der Vater, ein Ingenieur, war regelrecht erbost darüber, dass ich sagte, das, was die Kinder sich beim Schreiben und Rechnen selber konstruierten, sei nicht falsch. Er verstand, es gäbe keine Fehler, bzw. ich als der verantwortliche Lehrer würde Kinder nicht auf Fehler aufmerksam machen und nicht darauf bestehen, dass diese Fehler korrigiert würden.

Für einen Ingenieur ist ein Fehler ein technisches oder menschliches Versagen. Das hat Unfälle und Schadenersatzforderungen zur Folge.

Für ein lernendes Kind sind Fehler einfach Erfahrungen, die es braucht, um Zusammenhänge zu erkennen. Am wirksamsten sind Fehler, wenn das Kind die Zusammenhänge selber erkennen darf und nicht einfach rot angestrichen bekommt, was falsch war. Vielleicht war es gar kein Fehler, sondern nur ein Missverständnis. Das Kind, das geschrieben hatte 7 + 7 = 27, hat doch recht. Es wusste noch nicht, dass man 2 mal 7 schreiben müsste.

Schade. Sie machten ihr Kind sehr bald misstrauisch mir gegenüber und bemühten sich zu Hause, das, was ich in der Lernumgebung Schule wachsen und entstehen ließ, wieder aufzuheben. Übliche Schule hielten sie für richtig und erprobt. Sie wollten Erfolg für ihr Kind.

Und die vielen vorgesetzten Schulbehörden versuchten, mir das Leben schwer zu machen. Irgendwie gaben sie mir womöglich ja doch recht. Bei

Wenns mehr Kinder sind, sprech ich einfach lauter.

einer der Auseinandersetzungen im Oberschulamt mit Juristen und dem Rechtsanwalt, der mein Beistand war, meinte der Leitende Schulamtsdirektor, er könne doch nicht jeden Pfad, den ein Pionier durch den Urwald schlüge, zur öffentlichen Straße erklären. Mein Rechtsanwalt lachte darüber, dass hier das Schulwesen mit einem Urwald verglichen wurde, und freute sich, dass ich das Wortgefecht zu meiner Verteidigung vor allem selber führte. Schließlich war ich der Fachmann für meinen Umgang mit dem Lernen.

An der Erziehungswissenschaftlichen Hochschule sah man das anders. Bei einer Prüfung im Rahmen meines spät aufgenommenen Diplomstudiums neben dem Beruf wurde ich einmal zu meinem eigenen Konzept geprüft und bekam dafür die Note befriedigend.

Ein Schulvormittag mit Robischon

Und so sah ein gewöhnlicher Schulvormittag bei mir aus.

Um sieben Uhr bin ich in der Schule angekommen. Ich bin Frühaufsteher und hatte einen Schulweg quer durch die Stadt. Von mindestens dreißig Ampeln hielten mich etwa zehn an. Vor sieben Uhr war der Berufsverkehr noch erträglich. Und in der Schule war es noch ganz still.

Ich schloss den Schulraum auf, für den ich zuständig war. Manchmal waren es zwei Räume. Auf ein oder zwei Tische legte ich Lernmaterial, kopierte Blätter, Experimentierkoffer, Steckwürfel, Farbbrillen, Papier usw. … und setzte mich im Büro an den Schreibtisch.

Formulare, Anfragen, Termine.

Gegen halb acht kamen die ersten Kinder, begrüßten mich im Büro und gingen in den Schulraum.

Kinder, die Schule bei mir gewohnt waren, suchten sich etwas aus und fingen an zu arbeiten. Kinder, die neu an diese Schule gekommen waren, brauchten ein paar Monate, um herauszufinden, dass sie wirklich selber entscheiden konnten, was sie arbeiten, lernen, wissen wollten.

Kurz vor acht waren fast alle Kinder angekommen und ich kam dazu. Drei Kinder waren noch nicht da. Zwei Schwestern aus dem Kosovo kamen gerne etwas später. Wenn ein Kind zu spät kam, sagte ich jedes Mal: Schön, dass Du da bist.

Darüber freuten sie sich jedes Mal.

Und das kleine Mädchen mit dunkler Hautfarbe brauchte für seinen Schulweg unendlich lang. Wenn sie zwanzig nach acht noch nicht da war, rief ich ihre Mutter an und vergewisserte mich, dass sie unterwegs war. Auch sie wurde begrüßt wie die anderen. Es fiel ihr nicht auf. Sie kam ja immer später. Weil die Klassenzimmertür immer offenstand, konnte ich sie von weitem kommen sehen.

An die Tafel schrieb ich die Begrüßung, gerne auch in mehreren Sprachen. Schön ist eine Begrüßung aus dem südlichen Afrika. Einer sagt: »Ich sehe dich«. Und der andere antwortet: »Ich bin da.«

Die meisten der Kinder hatten mich sowieso schon vorher begrüßt. Einzeln, nicht im Chor.

An eine Seitentafel schrieb ich eine Information, irgendetwas Wichtiges vom Tag. Auf die mittlere Tafel kam eine kurze Geschichte, die mit einer Frage endete.

Auf die linke Tafel kam z. B. eine Wörterliste. Eins der Wörter passte überhaupt nicht dazu.

Ein einfacher Trick, um auf eine Regelmäßigkeit hinzuweisen. Die können Kinder leicht selber finden. Ob es nun eine Ordnung ist, eine Rechtschreibregel oder sonst ein Zusammenhang.

Beispiel: Hamster, Ratte, Meerschweinchen, Tiger, Capybara, Stachelschwein, Maus, Biber …

Oder: Schnecke, Zwieback, Wecker, Zucker, Tomate, schmecken, backen …

Einwand? Kinder in dem Alter wissen doch nicht, was ein Capybara ist.

Kinder, die bei mir im Schulzimmer waren, wussten, dass sie sofort danach fragen konnten und eine kurze deutliche Antwort bekamen. In diesem Fall gleich mit Bild oder Zeichnung.

Es gibt nichts, was man Kindern nicht zutrauen kann.

Kinder stellten Fragen, lasen sich durch, was an den Tafeln steht, dachten sich selbst Texte aus, schrieben womöglich alles ab, was da geschrieben stand oder einen Teil davon. Oder sie suchten sich Arbeitsblätter aus, nahmen einen der Experimentierkoffer, das Material zum Zusammenstecken zu interessanten Konstruktionen, nahmen sich allein oder mit einem anderen Kind ein Buch, gingen auf einer Landkarte, die auf dem Boden aufgerollt werden konnte, auf Reisen oder legten sich mal kurz hin zu einem Schläfchen. Im Schulzimmer stand hinten in der Ecke ein gewaltiges Ecksofa, das ich von zu Hause mitgebracht hatte. Möglicherweise steht es immer noch dort?

Oft beschreibe ich für andere Erwachsene, wie ich Kindern Türen und Fenster zu Lerngelegenheiten geöffnet hatte. Lehrerinnen und Lehrer werden womöglich dadurch verwirrt. Es ist ihnen zu unübersichtlich, es gibt keine klare Reihenfolge, es gibt keine kleinen Schrittchen, es gibt keine Gleichzeitigkeit. Und wie soll man sowas vergleichbar benoten?

Für mich musste eigentlich nur geklärt werden, wie ich mich den Lernenden gegenüber verhalten wollte und wie ich zu ihnen redete.

Ich sagte nicht mehr: Wir, aber, müssen, falsch …

Ich begegnete den Kindern auf Augenhöhe, schaute keinem Kind über die Schulter, fragte nicht ab.

Kinder merken sehr schnell, wenn sie ernst genommen werden und fühlen sich wohl dabei.

Ich musste nicht freundlich, lieb und nett sein. Ich musste Kinder nur respektieren.

Ich musste nur akzeptieren und verstehen, was ihre eigenen Erfindungen waren beim Schreiben, bei Rechenaufgaben, bei Konstruktionen, bei der Herstellung von Ordnungen.

Jahrelang hatte ich gesammelt, was Kinder bei ihrer Erfindung von Schrift und schriftlichen Mitteilungen geschrieben haben und wie sie selber damit umgegangen sind.

Beispiel: Das kleine Mädchen ist ungeduldig, weil die Mutter so lange telefoniert, und schreibt auf einen Zettel AFN. Das sollte heißen: aufhören.

BILDUNG
ERNST BOSE

Nach ein paar Stunden findet es den Zettel wieder, liest, was darauf steht, und freut sich: Ich habe Affen geschrieben.

Beispiel: Julia hat geschrieben EKNM. Das heißt »Ich kann nicht mehr«. Meine Reaktion war, dass ich ihr sagte: Ruh dich ein bisschen aus.

Heutzutage gibt es wieder Anordnungen aus dem Kultusministerium, die Kinder sollten von Anfang an die richtige Rechtschreibung beigebracht bekommen.

Wenn ein Kind wirklich mit seiner Schrift experimentieren darf, wird es sicherer in der Schreibweise, die am schnellsten verstanden wird. Hilfreich ist dabei, dass es immer fragen kann, wie etwas geschrieben wird. Kinder fragen dabei: »Wie geht …?«

Da ist keine Zeit zum Ausruhen, wenn viele Kinder Geschichten oder Mitteilungen schreiben und viele Fragen haben nach der Schreibweise von vielen Wörtern.

Jedenfalls ließen sie kein Wort aus, weil sie die Schreibweise nicht wussten oder zu kompliziert fanden. Kinder, die aus Angst vor Fehlern Wörter weg lassen, die sie eigentlich gern geschrieben hätten, sind unsicher und bleiben unsicher.

Ich stand bei solchen Gelegenheiten, wenn Kinder ihre eigenen Texte schrieben, mit bunten Kreiden an der Tafel, schrieb die Antworten hin und zeigte jedem Kind so lange sein Wort, bis es mit den Augen darauf war. Es entstanden jede Menge Kindertexte in vorgeschriebener Rechtschreibung.

Immer wieder sollte bewiesen werden, dass diese Kinder richtig schreiben konnten. Es gab Diktate. Dabei durfte ich auch, wie jeder Lehrer, freistellen, wie das Kind sowas schreiben wollte: Gesprochenes aufschreiben, Geübtes schriftlich wiedergeben, von einem oder mehreren Blättern an der Wand den Text übertragen oder von der Rückseite eines Blattes den Text abschreiben (Laufdiktat, Wendediktat). Für jedes richtig geschriebene Wort zählte ich einen Punkt. Ein Junge schrieb die Diktate immer deutlich länger als vorgegeben und hatte mehr Punkte, als vorgesehen waren. Ein kleines Mädchen mit einem ganz niedrigen IQ brauchte für das Laufdiktat die dreifache Zeit und hatte alles richtig. Sie freuten sich alle über ihre Ergebnisse und kein Kind hatte Angst vor einem Diktat.

Mathematik im Stundenplan. Von Anfang an schrieb ich jeden Tag die Zahlen von 1 bis 20 oben an die Tafel, mal in einer langen Reihe, mal in zwei Reihen untereinander oder in vier Reihen.

Darunter fing ich an mit Würfelbildern. Die Kinder hatten Lern- und Arbeitsblätter, auf denen sie Ordnungen finden konnten, Würfelbilder ausmalen, sortieren, der Größe nach ordnen und bei denen die geometrischen Figuren ausgemalt und zueinander geordnet werden konnten. Außerdem gab es Steckwürfel in fünf Farben, die in langen Reihen zusammengesteckt wurden, die nach einer Weile gleichmäßige Muster bekamen, die in Dreier-, Vierer-, Fünfergruppen geordnet wurden. Ohne Auftrag oder »Aufgabe«. So etwas entsteht von selber. Ich kommentierte nur, stellte fest: Das sind immer Vier in einer Farbe. Für Bauwerke und Konstruktionen gab es Holzklötze oder Kunststoffrahmen in verschiedenen geometrischen Formen, die zu Körpern zusammengesteckt werden konnten. Den Kolleginnen zeigte ich das Material im Lehrerzimmer und sie suchten nach der Arbeitsanleitung. Es gab keine.

Da gab ich einem kleinen Jungen, der vorbeikam, vier quadratische Steckrahmen. Er verschwand damit und kam nach einer Weile wieder und sagte: Ich brauch noch zwei.

Er hatte den Würfel erfunden. Aus den Steckrahmen entstanden wunderbare Bauwerke. Im Lauf von drei Jahren gingen zwei Steckrähmchen kaputt. Schließlich sind sie sehr teuer.

Von mir hörten Kinder Wörter wie symmetrisch, spiegelverkehrt, Gleichgewicht, Quadrat, Rechteck, Dreieck, Raute, Trapez, rechtwinklig, spitzer Winkel, stumpfer Winkel usw. …

Kommentare schrieb ich auch an die Tafel, so wie Liedtexte oder Gedichte.

Kunst auf dem Stundenplan.

Makulatur, weißes Papier von der Rolle kostet nicht viel oder man bekommt es von der Zeitung gratis. Dazu benötigt man mehrere Kästen mit Ölkreiden.

Ich legte mehrere Streifen Papier auf den Boden, öffnete die Kästen mit den Ölkreiden und sagte: Das ist ein Bach. Oder ein Dorf. Oder …

Und dann kann man erleben wie Kinder, die es gewohnt sind, miteinander zu arbeiten, miteinander kreativ sind und so ein Papier bis an den Rand zu einem Kunstwerk machen.

Was gab es noch? Sport.

Damals gab es als Sporthalle den alten Dreschschopf des Ortes, der zur Dorfhalle ausgebaut war mit seitlichen Trägern, gegen die Kinder dagegen rennen konnten und sich verletzen. Ich machte darauf aufmerksam und ließ sie einfach umher rennen. Währenddessen räumte ich aus dem Seitenraum alles heraus, was Kinder in Sportstunden gebrauchen können: Bälle, Seile, Kasten, Ringe, Barren, Reifen, dicke Matten, dünne Matten, Balancierbalken usw. … Die Kinder verteilten sich, wechselten sich ab.

Ein Selbstläufer.

Bei Mannschaftsspielen brauchte man zwei Mannschaften. Für etliche Kinder eine unerträgliche Situation, wenn gewählt wird und sie bleiben beim Rest, bei denen, die keiner will. Ich sagte einfach: Wir brauchen zwei Mannschaften. Geht einfach auf die Seite, bei der ihr mitspielen möchtet. Sofort gab es eine Mannschaft mit den Supersportlern und eine mit dem Rest. Das Ergebnis stand schon fest. Ich sagte: Fertig. Ihr habt gewonnen.

Das haben diese Kinder verstanden und es bildeten sich zwei etwa gleichstarke Mannschaften. Das Spiel war erfreulich und es war kein Schiedsrichter nötig. Der Vorsitzende vom Sportverein des Dorfes kam einmal dazu und schaute sich das an. Er hatte es nicht glauben können.

In meinen Schulstunden konnten immer Eltern oder andere Lehrkräfte dazu kommen und sich vergewissern, was sich da ereignete. In den ersten zehn bis fünfzehn Minuten saßen oft Mütter oder Väter mit im Raum. Eine misstrauische Mutter, Lehrerin am Gymnasium, ließ sich einmal zwei Tage krankschreiben und protokollierte die Abläufe für ihre Beschwerde beim Oberschulamt und beim Kultusministerium.

Ende des Schulvormittags und Aufräumen.

GYMNASIUM
Real
Schule
Haupt
schule
ERNST BOSE

Ganz einfach. Ich schrieb an die rechte Seitentafel, an der immer Mitteilungen standen: Bis 12.20 Uhr muss aufgeräumt sein. Und fing an aufzuräumen.

Die Kinder wussten von mir, dass die Farbbrillen in ihre Einstecktaschen gehörten, die Steckrahmen in ihre Kiste, die Bücher ins Regal oder den Schrank, dass die Experimentierkoffer eingeräumt in den Schrank sollten, dass eben alles wieder an seinen Platz musste, damit es am nächsten Tag wieder zur Verfügung stand und gleich gefunden werden konnte. Zehn Minuten reichten bequem, wenn alle oder fast alle mitmachten. Ein Besen stand auch bereit und für Papierfetzen oder Sonstiges war der große Abfalleimer da. Mir gefiel es, wenn das Schulzimmer aufgeräumt und ziemlich sauber war. Den Kindern auch.

Und dann gaben wir uns die Hand und die Kinder gingen.

Die Schulglocke schrillte, weil die Kolleginnen, das so haben wollten. Sie hätten sonst immer wieder ihre Unterrichtsstunden überzogen und dann wären ihre Schüler laut geworden.

Ich brauchte die Glocke auch nicht für den Anfang. Diese Kinder fingen an zu arbeiten und sich umzusehen, sobald sie angekommen waren.

Wir hatten auch noch Musik, Sachunterricht, Sexualerziehung, Religion, Schwimmen, Schulausflüge, Einkaufen im Dorfladen, miteinander essen, Lesungen von Buchautoren, Besuche im Theater, im Tierpark, in der Ökostation.

Schwimmen ging einfach. Ich sagte den Kindern, sie sollten sich einfach mal untergehen lassen. Ich rief sie unter Wasser beim Namen. Ich zeigte, wie man sich einfach aufs Wasser legen kann.

Ich musste nur aufpassen, dass kein Nichtschwimmerkind den Boden unter den Füßen verlor. Kinder ertrinken ganz leise. Ich musste nur einmal ein frisch gekommenes Ausländerkind ans Ufer holen, das noch nie ein Schwimmbad gesehen hatte und in seiner Freude über das viele Wasser ins Tiefe gesprungen war. Und ein Siebtklässlerkind, dessen Realschullehrer vor der Bank am Fenster für die anderen Anweisungen gab.

Ich hatte das kurze Gurgeln gehört.

Sexualerziehung: Ich hatte unterschiedliches Material zum Thema besorgt, legte es vorsorglich beim Elternabend den Eltern vor und stellte es den Kindern zur Verfügung. Sie setzten sich zu zweit oder zu dritt damit zusammen und genau wie bei allen anderen Zusammenhängen fragten sie mich.

Zum Sachunterricht fällt mir ein, dass ich im Laufe von Jahrzehnten um die Schule herum mehr als zwanzig verschiedene Bäume gepflanzt hatte. Von jedem Baum folierte ich ein Blatt, machte davon eine Kopie und schrieb auf die Rückseite der Kopie den Namen des Baumes und Informationen über die Bedeutung, das Holz, die Rinde, die Ansprüche, das Wachstum.

Erst kurz vor meiner Pensionierung war eine Kollegin von ihrer Tochter auf die Vielfalt hingewiesen worden und ich erfuhr, dass die Lehrerinnen fast keinen Baum kannten. Ich musste an jeden Baum eine Zahl schreiben und zu der Zahl ein Papier mit den Hinweisen schreiben. Ich hoffe, sie lernten die Bäume genauso nachhaltig kennen wie die Kinder.

Bei den Kindern erzählte ich natürlich auch ständig Geschichten zu Bäumen, Blumen, Tieren, Häusern, zu Merkwürdigkeiten wie Abschiedskragen, Unglücksbalken, Verschweißungen.

Solche Geschichten hatte ich in der Regel an ein oder zwei Kinder gerichtet. Immer hörten mehrere Kinder mit, was ich erzählte. Sie konnten ja auch nachfragen.

Bei Fahrten in die Stadt, ins Theater, in den Tierpark, in die Ökostation zeichnete ich den Kindern den Plan an die Tafel, die Haltestellen, die Straßennamen, die Abläufe, die gesamte Übersicht.

Ein paar ganz Clevere liefen dann voraus. Sie wussten ja, wo es lang geht, sie hatten den Sitzplan im Theater verstanden, sie wussten, wo die Ausgänge sind, wo der Bus stehen würde.

Im Tierpark und in der Ökostation musste ich nur den Pädagoginnen für die Führung vorhersagen, wie diese Kinder selbstständig lernten. Sie hielten dann keine Vorträge, sondern beantworteten Fragen. Davon gab es genug. Und etliche Kinder fanden ja auch heraus, dass allerhand Antworten schon auf Schildern an den Tiergehegen standen oder bei den Pflanzen und Kleintieren.

Und kein Kind ging verloren, wie es früher immer wieder vorkam. Sie passten ja gegenseitig auf sich auf. Und auf mich.

Mir fällt ein, dass mich ein kleiner Junge mal gefragt hatte, als ich aus dem Lehrerzimmer zurückkam: Warum bist Du so traurig? Ich hatte gerade erfahren, dass der Kollege einer Nachbarschule tot vom Stuhl gefallen war.

Was es noch gibt

Immer wieder habe ich andere Klassenzimmer und Schulklassen besucht. Wenn ich zu einer Schule eingeladen war, wollte ich am Vormittag oder am nächsten Tag selber mit den Kindern oder Jugendlichen zwei Stunden arbeiten, um zu zeigen, was ich mache, oder zu erleben, ob das, was ich mache, auch anderswo geht. Es ging wirklich. In Grundschulklassen und in Hauptschulklassen in Berlin, Bremen, Erfurt, Heidelberg usw. …

Kinder sollen erleben, dass die Arbeit im Lernraum direkt mit ihnen selber zu tun hat.

Als Beobachter registrierte ich, ob Kinder bei der von Lehrerinnen oder Lehrern inszenierten Aktivität aktiv oder passiv waren.

In der Lernumgebung, die ich bereitgestellt hatte, gab es Farbbrillen, eine Augenbinde, Rechengeld, etwas zum Balancieren, ein Brett mit liegender Acht, auf dem eine Kugel rollen konnte, und verschiedene Experimentierkoffer.

So einen Koffer öffnete ich einfach und ging beiseite. Die Augenbinde konnte sich ein Kind nehmen, wenn ein anderes da war, das es führte. Das Brett mit der liegenden Acht und der Kugel konnten zwei Kinder halten, die sich gegenübersaßen. Manchmal nahmen es zwei Kinder, die sich vorher gestritten hatten.

Die fünf Farbbrillen in den Farben rot, orange, gelb, grün, blau gab ich Kindern in die Hand. Wenn ein aufgeregtes Kind eine Weile die grüne oder die blaue Brille getragen hatte, war es ruhig und ausgegli-

ERNST HÜRLIMANN

chen für den ganzen Tag. Eltern fiel das auf. Ein müdes Kind konnte belebt werden mit der gelben oder der orangenen Brille. Die rote Brille hielten Kinder höchstens fünf Minuten aus. Manchmal lieh sich ein Kind eine der Brillen übers Wochenende aus. Nach einer Weile hatten Kinder die Wirkung der Brillen verstanden und nahmen sich die, die ihnen gerade guttat. Und wenn ein anderes Kind sie gerade aufhatte, wurde eben verhandelt oder abgewartet. Mit dem Rechengeld dachten Kinder sich alles aus, was man mit Geld machen kann, von handeln, tauschen, wetten, horten bis betteln. Das Letztere war ausgerechnet die Idee der »Prinzessin«.

Das »wilde Mädchen« arbeitete am liebsten in einem großen Karton, den ich aufgestellt hatte. Da fühlte sie sich sicher. Außer dem großen Karton hatte ich allerhand Stellwände, die eigentlich aus dem Kindergartenbereich waren: einen Ladentisch mit Stoffdach, eine Spiegelwand, eine Stellwand als Magnettafel und eine zum Schreiben. Im Schulzimmer konnten Kinder sich also einen eigenen Bereich abteilen, in dem sie sich wohl fühlten. Manche Kinder sahen sich gerne im Spiegel. Ein Junge ging immer schnell und scheu an seinem Spiegelbild vorbei.

So viel Extra-Material? Das ist doch teuer.

Dadurch, dass ich nichts im Klassensatz kaufte, sparte ich enorm viel Geld, das ich für Langlebiges und Nachhaltiges ausgeben konnte. Die Farbbrillen sind nicht teuer. Die Anleitung dazu schon. Die verbraucht sich ja nicht. Nikitin-Würfel sind teuer. Dafür braucht man von jedem Satz nur einen. Die weltraumerprobten Steckrahmen sind enorm teuer. Ich nehme an, sie sind immer noch in Betrieb. Für das Geld hätte ich kaum einen Klassensatz Fibeln und Rechenbücher bekommen, die nach wenigen Jahren abgenutzt oder überholt sind. Bücher im Klassensatz müssen von der Schulbehörde zugelassen werden. Jedes Jahr kommen neue und andere dazu. All das Material, von dem hier die Rede war, gilt als Zusatzmaterial und muss nicht genehmigt werden. Nachschlagewerke schon gar nicht. Davon gab es im Schulzimmer zwei komplette Sätze. Dazu Sachbücher zu allen möglichen Themen, je eins.

Das, was im Schulzimmer und in der Umgebung stattfand, hatte immer mit jedem Kind persönlich zu tun. Das ist für jedes Kind wichtig und erfreulich.

Schule ohne Druck, Aufträge, Störungen, Streitigkeiten, Angst, Stress.

Und dabei lernt jedes Kind alles, was ihm erreichbar ist. Jedes in seinem eigenen Tempo.

Und die Noten?

Noten sind zum Lernen überflüssig. Zeugnisse sagen kaum etwas aus über die Persönlichkeit oder die Entwicklung eines Kindes.

Weil ich schließlich an einer Staatlichen Schule war mit all ihren Vorschriften und Regelungen und mein Konzept natürlich nicht als Schulversuch mit wissenschaftlicher Begleitung zugelassen wurde, sollte ich Noten geben ab dem dritten Schuljahr und Zeugnisse schreiben.

Um damit zurecht zu kommen, musste ich mich mit den Kindern einigen. Was erfolgreich war, war gut. Note zwei. Was richtig besonders war, konnte sehr gut genannt werden. Note Eins.

Wenn das Kind einverstanden war, machte ich ein oder zwei Fotos von ihm bei der Arbeit. Man konnte sehen, wie es intensiv arbeitete. Dazu schrieb ich in Briefform, was dieses Kind erreicht hatte, woran es arbeitete, was es Besonderes konnte. Bei einigen wenigen Kindern war also kein Foto dabei. Deren Bilder sind auch nicht in der ausführlichen Fotodokumentation über drei Jahre zu sehen.

Mit diesen Zeugnissen waren Eltern einverstanden. Erfreulich, wenn sie mir sagten: Ich erkenne mein Kind in diesem Zeugnis. Und die Kinder lasen den Brief und schrieben mir zurück. Und machten ein Foto von mir, z. B. mit einer Farbbrille im Gesicht.

Was Kinder Besonderes konnten

Womöglich wurde so etwas in anderen Schulen kaum erwähnt und schon gar nicht benotet. Ein Junge war Weltmeister in Zeiteinteilung, ein Kind kümmerte sich besonders um die Sauberkeit im Raum, ein anderes konnte jeden Streit unter anderen Kindern beilegen. Eins baute besonders fantasievolle Bauwerke. Eins las anderen vor aus Sachbüchern. Ein anderes fand sich auf Landkarten (die lagen oft auf dem Boden) zurecht und konnte sich bestens orientieren. Die Aufzählung könnte weiter gehen. Jedes Kind kann etwas Besonderes.

Und es tut jedem Kind gut, wenn ihm jemand das mitteilt. Dann wächst es beim Zusehen.

Einwände

Naja, Grundschule. Wie soll sowas gehen bei komplizierteren Zusammenhängen, in höheren Klassen. Mit weniger Material, mit weniger Platz?

Kann man größeren Kindern oder Jugendlichen, jungen Erwachsenen nicht so viel zutrauen wie kleinen Kindern, Schulanfängern, Drittklässlern?

Wenn ihnen jemand sagen muss, was sie tun sollen, in welcher Reihenfolge sie etwas ausfüllen sollen, dass sie keine Fehler machen sollten, weil es benotet wird, wann sie anfangen und aufhören müssen, wann es »los geht«, dann klappt es nicht. Dann sitzen da Schüler, die hoffen, dass sie da durchkommen und dass es bald aufhört.

Kinder, die selbstständig und miteinander lernen, hören nicht auf. Sie machen Pausen, wenn sie müde sind oder Hunger und Durst haben, aber sie hören nicht auf. Lernen ist nicht lästige Pflicht oder Plage.

Unterricht in kleinen Schrittchen und der Reihe nach ist lästig, bremst und macht Erschöpfung.

Bei üblichem Unterricht werden im ersten Schuljahr 26 Buchstaben der Reihe nach eingeführt. Das macht pro Buchstabe in etwa zweieinhalb Wochen. Das ist doch unerträglich. Und soll angeblich Spaß machen. Kein Wunder, dass es in Deutschland so viele funktionale Analphabeten gibt.

Wenn Kinder so Fahrrad fahren lernen müssten wie lesen …

ERNST BÖSE

Seit ein paar Jahren gibt es immer wieder selbstständige Lerngruppen für das Jahr vor dem Abitur. Junge Erwachsene, die sich von der Schule abmelden und ihr Lernprogramm selber in die Hand nehmen, miteinander und voneinander selbstständig lernen, für kompliziertere Zusammenhänge Lehrkräfte engagieren als Lernbegleiter, zum Beantworten von Fragen, zu denen sie die Antworten nicht so einfach finden können. In Freiburg nannten sich die Gruppen *Methodos* und *Abinom*. Das war und ist erfolgreich. Das sind Ausnahmen.

Die übliche Schule lässt sich nicht so einfach verändern. Sie besteht auf Pädagogik, Didaktik, Belehrung, Bewertung, Reihenfolge, Gleichschritt, Hierarchie. Schulbehörden beobachten Ausnahmen wie die Freien Schulen, bis die sich dem Staatlichen Schulwesen eher anpassen, um die öffentlichen Förderungen zu bekommen oder zu behalten.

Kinder selbstständig und ohne Reihenfolge lernen zu lassen ist viel zu unübersichtlich. Nie kann in ein Klassenbuch eingetragen werden, was dran war. Nie können Lernleistungen verglichen und bewertet werden.

Ich erinnere mich an eine Beratungslehrerin, die von mir offensichtlich gehört hatte und von einer Lehrerin in einer Nachbarklasse zur Beratung gebeten worden war. Sie teilte mir ihr Erstaunen mit, dass sie gar nicht das erwartete Chaos in dieser Schule vorgefunden hatte.

Lehrerinnen und Lehrer, die sich nicht vorstellen können, dass Kinder wirklich selbstständig und miteinander lernen können, wenn man sie einfach lässt, erwarten Chaos und fürchten sich davor. Lehrerinnen und Lehrer im üblichen System haben eine Klasse im Griff oder eben nicht im Griff. Im letzteren Fall ist das dann eine gefürchtete Klasse, in die Lehrer nicht gerne gehen. Bei so einer Klasse sind Lehrer gerne am Montag krank.

Im Lehramtsstudium werden Lehrerinnen und Lehrer nicht dazu ausgebildet, Kindern und Jugendlichen ihr Lernen einfach frei zu geben und es nur zu begleiten. Die Schulbehörden würden gar nicht zulassen oder mindestens scharf beobachten. Und Eltern, die für ihr Kind das Beste wollen, würden darauf bestehen, dass Noten (natürlich nur die besten) vergeben würden, sodass die schulischen Leistungen verglichen werden könnten. Den schulischen Leistungen kann schließlich mit allerhand finanziellem Aufwand in Nachhilfeeinrichtungen nachgeholfen werden. Das, was die Schule nicht schafft, wird nebenbei geliefert. Für Nachhilfe werden in Deutschland hohe zweistellige Millionenbeträge ausgegeben und eingenommen.

In üblicher Schule kann man den Druck erhöhen und die Anforderungen etwas senken. Bei selbstständigem und kooperativem Lernen geht das nicht.

Die Einwände sind immer die gleichen: Ja aber … Das haben wir schon immer so gemacht. Das haben wir noch nie so gemacht.

Mögliches Kapitel: Stell Dir vor …

Wie wäre es den Menschen aus der Anfangsgeschichte in einer offenen Lernumgebung gegangen. Was könnte aus ihnen geworden sein?

Hauptlehrer Streng wechselt den Beruf und macht jetzt die Dienstpläne bei einer Wachfirma, Lehrer Gresslich blüht auf, fühlt sich wohl und übernimmt zusätzliche Aufgaben. Oberlehrer Brummler nimmt ein Zusatzstudium auf und fängt an, ein Buch zu schreiben übers Lernen. Lehrerin Gluck wird Leiterin einer solchen Lernumgebung, Studienrätin Keifer entfernt nach wie vor »unpassende« Lernende aus ihrer Klasse. Am Gymnasium wird es noch lange dauern, bis aus Unterricht selbstständiges Lernen werden darf. Und Oberlehrerin Mahnlich hat gefunden, was sie gesucht hat, und wird von den vorgesetzten Behörden unterstützt und als Fortbildnerin eingesetzt.

Nora, Meral und Sabine, Mehmet, Simon und Max hatten sich so auf die Schule gefreut. Man hatte ihnen gesagt, dort könne man alles lernen. Man werde klug und groß und erfolgreich.

Alle sechs Kinder lernen was ihnen erreichbar ist. Nach der Grundschulzeit kommen auch Sabine und Max mit der traditionellen Arbeitsweise am Gymnasium zurecht und lernen einfach mehr, als ihnen dort vorgesetzt wird. Ihr letztes Schuljahr mit der Abiturvorbereitung machen sie in einer freien und selbstständigen Lerngruppe.

Sabine macht mit 17 Jahren Abitur und studiert Kulturwissenschaften. Max wird Naturwissenschaftler. Simon wird Selbstständiger mit eigener Firma. Mehmet und Nora werden Journalisten und Meral ist im Lehramtsstudium, das so umgestellt ist, dass die jungen Leute als Lernbegleiter arbeiten können.

ABSCHLUSS
ERNST BÖSE

Der Autor

Rolf Robischon war Schulleiter und Lernbegleiter. Er hat Kindern zugehört und ihre unzähligen Fragen beantwortet. Er hat nicht unterrichtet, sondern Lerngelegenheiten zur Verfügung gestellt und dann beim Lernen zugeschaut und zugehört. Er ist Autor für Lernmaterial das nicht erklärt werden muss und keine Anweisungen enthält. Seine Bücher *Lernen ist wie Atmen* und *Lernen ist wie Netze spinnen* sind längst vergriffen. Das Lernmaterial das nicht erklärt werden muss und keine Anweisungen enthält, gibt es immer noch.

Der Cartoonist

Ernst Böse ist der gleiche Mann. Er hat unter dem anderen Namen die Schule und den Umgang mit dem Lernen aufs Korn genommen in kleinen Zeichnungen. Sie erschienen über vierzig Jahre lang in Lehrerzeitungen, Zeitschriften und Schulbüchern. Schulräte eröffneten gern ihre Veranstaltung mit einem der Cartoons von Ernst Böse.